거기에 있을 때

거기에 있을 때

초판 인쇄 · 2020년 12월 15일
초판 발행 · 2020년 12월 22일

지은이 · 설성제
펴낸이 · 김화정
펴낸곳 · 푸른생각

편집 · 지순이 | 교정 · 김수란 | 마케팅 · 한정규
등록 · 제310－2004－00019호
주소 · 서울시 마포구 토정로 222 한국출판콘텐츠 402호
대표전화 · 02) 2268－8707
이메일 · prun21c@hanmail.net / prunsasang@naver.com
홈페이지 · http://www.prun21c.com

ISBN 978－89－91918－87－0 03810
값 16,000원

울산광역시 울산문화재단
이 산문집은 울산문화재단 '2020 비대면 예술창작활동 지원' 선정사업으로
발간되었습니다.

거기에 있을 때

우리 인생의 보이지 않는
퍼즐 한 조각

설성제 산문집

ecsg

작가의 말

해거름에 어슬렁거렸다. 낙엽 타는 냄새가 자욱했다. 그러고 보니 그날 낮에는 초가 되어가는 낙과(落果) 냄새와 마른 풀냄새를 맡았다. 아스라해져가는 기억의 망사에 다시 뜨개코를 걸듯 냄새를 붙잡고 싶었다. 그러나 나의 발은 늘 공중부양 상태. 그 마른 풀냄새가 올이 풀린 채 허공으로 날아가는 것을 따라잡지 못했다. 저녁 골목, 타는 낙엽 냄새에 불러도 대답 않던 기억들이 울컥, 울컥했다.

애면글면하다 보잘것없는 자식 넷을 낳았다. 아팠고, 고통스러웠고, 벅찼다. 이번 넷째는 낙엽을 태우는 연기처럼 매캐하고 쓸쓸하다. 요나의 다시스행 고래 뱃속 같다. 요나와 달리 누가 시키지도 않은 의무와 책임을 지고 여기까지 왔다.

가까스로 걷은 기억들을 펼치고 만지고 다듬어 나뭇잎 같은 옷을 입혔다. 볕과 바람에 마르고 찢길 줄 알면서도 옷을 입혀야 하는 일이 나의 소명임을 이제야 알겠다.

문학의 지경을 넓혀보리라 꿈꾸었던 날들, 어느새 반환점을 돈 듯한 이 시간. 이제는 넓히는 일보다 깊어지는 일을 남겨뒀다는 사실에 다시, 또 다시다. 나를 더 비워야 한다면 기꺼이 그리하리라. 섣부른 약속이라도 해놓고 새 힘을 불러본다.

2020년 크리스마스를 기다리며
설성제

차례

제2부 너뿐이야!

제3부 그런 섬 하나

제4부 자꾸자꾸 불러보고 싶은

제1부

무심히, 그리고 유심히

■ ■ ■

사람의 앞일을 비밀에 부친 신이 우리 인생의 보이지 않는 퍼즐 한 조각만,

딱 한 조각만이라도 미리 보여주신다면 숨을 좀 쉴 수 있을까.

신은 미래를 알게 하는 대신 꿈과 희망을 가지는 자를 찾아

손을 잡아준다고 하지 않던가.

밥

그날따라 오전 강의는 피를 토하듯 했다. 도서관에 지원금이 줄어들어 더이상 내가 맡은 강좌를 진행시킬 수 없다는 통고를 받고 알퐁스 도데의 「마지막 수업」처럼 마음이 탔다. 아직 첫돌도 되지 못한 수강생들에게 강제로 젖을 떼고 떠밀려나야 하는 엄마가 된 기분이었다. 십리사탕 같은 뭐라도 하나 입에 물려서 보내고 싶은 마음에 열강을 하다 문득 정신을 차리고 보니 마치는 시간이 지나 있었다.

수강생들에겐 간식거리일지도 모를 이 수업이 나에겐 주식(主食)이며 삶이다. 주식이지만 때론 대충 때울 때도 있고 때론 온갖 정성을 들이기도 한다. 늘 차리고 먹는 밥, 별 것 있나 싶어 습관적으로 대할 때도 있지만 한 끼라도 미리 미리 생각하고 준비하여 대하려 한다. 이렇게 사는 게 다 육의 밥을 먹기 위한 것인가. '살기 위해 먹는가? 먹기 위해 사는가? 닭이 먼저인가, 달걀이 먼저인가?' 창조론적으로 보면 닭이 먼저이니 생명을 유지하기 위해 밥을 먹는다는 편이 맞겠다.

도서관에서 집으로 돌아오는 길에는 밥 먹기 좋은 관청의 구내식당이 있다. 직원들이 북적거리는 시간만 조금 피하면 딱이다. 값이 싼 데다 골고루 갖춘 영양소에 따끈한 숭늉까지 즐길 수 있다. 외부인들에게도 개방해놓아 한 끼 행복한 밥상을 누릴 수 있는 그곳이 친정만큼이나 푸근하다.

지나는 길목, 도서관 수업을 마치고 무거운 발걸음에 늦은 점심을 해결하고자 들른 그날, 주방 아주머니가 한산해진 식탁을 둘러보며 식권 발급 기기 앞에 선 나에게 "오늘이 마지막이에요. 내일부턴 안 돼요."라는 것이었다. 아, 내일부터는 너무 늦게 오면 안 되는구나 싶었더니 이제부터는 직원 아닌 이들에게는 급식하지 않게 됐다고 덧붙였다. 식기를 챙겨 드는 나를 보며 또 한 아주머니가 "직원들이 불편해서 그렇습니다."라고 했다.

나는 밥을 푸고 찬을 담아 자리를 잡았다. 바로 앞 식탁에서 홀쭉한 등산 가방을 곁에 놓고 혼자 식사하는 초로의 등이 보였다. 그의 식기엔 후식으로 나온 도넛도 수북이 담겨 있었다. 주방 아주머니들의 식사도 그제야 시작되었는데 마침 내 옆자리에 둘러앉았다. 직원들에게 무엇이 불편했는지 물어보았더니 외부인들 때문에 오랜 시간 줄을 서서 기다리는 것이 힘들다는 것이었다. 게다가 외부인들이 점심 시간 되기 전부터 와서 먼저 밥을 먹는 바람에 직원들 식사 시간이 부족하다고 했다.

충분히 이해가 되었다. 주객이 전도된 격이니 할 말이 없었다. 나도 이곳에 들러 이른 점심을 해결했던 날들이 종종 있지 않았던가. 그때마다 식판을 들고 길게 줄 선 직원들을 보았다. 값이 싸며 맛도 좋고 양껏 덜어 먹을 수 있는 밥으로 한 끼를 해결하고자 했던 외부인들의 처세가 직원들의 업무에 지장을 끼쳤다니 미안했다. 그러면서 괜히 울적

했다. '죄송하지만 외부인들은 직원들의 식사 시작 시간보다 조금만 늦게 와주십시오!'라는 안내판이 어딘가에 세워져 있었던 것은 아닐까. 그런 공고를 알았더라면 오후 공무를 위해 그 정도 배려는 누구나 할 수 있었을 성싶은데 그게 잘 되지 않았나 보다.

관청(官廳)이란 단어에서 '청(廳)' 자에는 집 엄(广)에 들을 청(聽)이 깃들어 있다. '백성들의 소리를 듣는 기관'이라는 뜻이겠다. 관청이 구내식당을 내어주는 먼저 배려에도 불구하고 일찍 와서 업무에 지장을 주었던 외부인들이었지만 어쨌든 이곳 밥을 의지해왔던 마음들은 불편하고 안타까울 것이다. 이런저런 생각에 잠겨 먹는 구내식당의 마지막 밥이 시장기 때문인지 유달리 맛좋기도 했지만 한편 당장 다음 주면 도서관 수업을 그만둘 수밖에 없는 데다 이 식당에서의 좋은 밥도 더이상 먹을 수 없다는 생각에 입속이 까끌했다.

다음 일정이 빠듯한 데다 주방 아주머니들도 뒷설거지를 해야 하기에 얼른 자리에서 일어섰다. 초로의 그는 아직도 식사가 덜 끝난 모양이었다. 오르락내리락하는 숟가락질이 바빠 보였다. 눈치껏 일어서줘야 할 텐데 싶어 나는 일부러 소리 내어 식기와 의자를 정리하고 큰 소리로 잘 먹었다는 인사를 했다. 주방 아주머니들의 잘 가라는 인사에 괜히 콧날이 시큰거렸다.

이제 직원들은 점심 식사를 위해 기다리는 시간이 줄었을 것이다. 외부인들이 와서 먼저 밥을 푼 흔적 없이 새 밥을 대하는 것도 좋을 것 같다. 조금은 조용해진 식당에서 약간은 여유롭게 이야기도 나눠가며 밥을 먹을까. 이런 사정을 미처 몰라서 헛걸음하여 되돌아가는 시민들은 없을지.

밥! 살기 위해 당연히 먹어야 하는 이 밥 앞에 크든 작든 끊임없는 바람이 분다. 행여 어떤 바람이 휘몰아쳐 끝 간 데 없이 힘겨워지는 날만큼은 상상조차 하고 싶지 않은 이 삶이여, 밥이여, 생명이여!

착지

그것은 추락, 비둘기 한 마리가 카페 건물 테라스로 떨어지는 중이었다. 주먹만 한 회색 돌덩이 같은 것이 빙그르르 공중회전을 하며 눈앞을 스칠 때, 나는 따뜻한 커피 한 잔을 들고 막 자리에 앉는 순간이었다. 비둘기 날개에 힘이 다했는지, 테라스 화단에 핀 꽃향기에 취했는지, 아니면 비를 피하다 처마 밑으로 들어와서 방향감각을 잃어버렸는지 모를 일이지만 추락 중인 비둘기 앞에서 내 심장 또한 떨어지는 것 같았다.

친구는 무일푼으로 카페를 개업했다. 평생 가게를 꾸려 산 터라 마지막 젖 먹던 힘까지 다해 다시 한번 카페 사업에 도전을 했다. 인테리어와 소품 구입에 수십 일 동안 잠을 설쳐가며 발품을 팔아 정성 어린 공간을 마련했다. 장사는 길목이 좋아야 한다는 것을 누구보다 잘 알지만 구석진 곳에 자리를 잡을 수밖에 없었던 것은 거듭된 추락으로 맘껏 날 수 있는 상황이 아니었기 때문이다. 고공을 향해 독수리처럼 날 때도 있었지만 불나방처럼 불 속으로 뛰어들기도 했으며 하루살이처럼 짧은 시간에 돈을 잃어버리기도 했다. 어찌 보면 햇볕 좋은 날보다 궂은 날씨를 더 많이 만난 데다, 육체에 풍랑을 맞아 오랜 시간 병원에 있기도 했다. 차라리 어디든 추락하는 편이 낫겠다고 여겼던 때도 있었다. 그러나 그때마다 완전히 넘어지지 않고 아슬아슬하게나마 착지를 하는 바람에 또다시 걸을 수 있는 기회를 얻었다. 이번이 마지막이라고, 여기에서 온전히 일어서지 못하면 이제는 정말 하늘을 날기는커녕 발걸음조차 뗄 수 없다는 극단적인 말을 하지 않았던가.

나는 추락 중인 비둘기에 놀라 의자에 앉으려다 말고 다시 일어섰다. 비둘기는 테라스 모퉁이 쪽으로 떨어졌다. 그런데 넘어지거나 드러눕지 않았다. 착지를 했다. 기계체조

나 피겨스케이팅에서 본 매끄러운 착지는 아니었다. 비틀거리며 겨우 몸을 지탱하는 선수처럼 아슬아슬했다. 두 발을 땅에 딛고 마음을 진정시키는 데 시간이 필요했다. 날개를 움칫거리더니 구석진 곳으로 날아갔다. 그러고는 날개를 차분히 내리며 벽 쪽으로 돌아앉아 고개를 숙였다. 그 매끈한 몸통에서 따뜻한 기운이 느껴졌다. 동료들은 어찌하고, 홀로 무슨 일을 만났을까. 먼 길을 날다 지칠 대로 지쳤을까. 그대로 한참 동안 가만히 있는 뒷모습이 측은했다.

테라스 문을 열었다. 내 발자국 소리를 감지하지 못하는지 기척이 없었다. 어쩌면 저대로 돌아올 수 없는 곳으로 갔다면……. 가만히 다가가 쓰다듬어주려 했으나 나는 마음과 달리 헛기침을 하며 발을 쿵쿵 굴렀다. 비둘기가 놀라 날개를 푸드덕거리며 게걸음을 쳤다. 힘겹게 옆 테라스로 넘어가는가 싶더니 빗속으로 날아올랐다. 그 순간 아직 힘을 더 얻도록 가만히 두었어야 했다는 생각이 들었다.

친구는 개업일에 날아든 비둘기를 의아하게 여겼다. 마지막 기회라 여기고 개업한 카페에서 일어난 이 일에 민감하게 반응했다. 손님의 말 한마디, 표정 하나, 일렁이는 바람과 내리는 비뿐만 아니라 테라스에 날아든 새 한 마리를 통해서도 앞으로 카페의 존폐에 대해 궁금증을 풀고 싶어 하는 눈치였다. 여러 번 바닥으로 추락하며 몸도 마음도 상하다 보니 작은 일에도 민감할 대로 민감해져 있었다.

사람의 앞일을 비밀에 부친 신이 우리 인생의 보이지 않는 퍼즐 한 조각만, 딱 한 조각만이라도 미리 보여주신다면 숨을 좀 쉴 수 있을까. 신은 미래를 알게 하는 대신 꿈과 희망을 가지는 자를 찾아 손을 잡아준다고 하지 않던가. 걱정과 불안과 낙심과 부정적 태도가 아닌 꿈과 희망으로 신께 감사의 메시지를 올릴 때 최선의 삶, 최고의 삶으로 끌어주시는 모양이다. 이제 추락인가 싶을 때가 끝없는 비상의 시작이라는 것을 우리는 알지 못할 때가 많다. 우리가 발을 딛고 서기만 한다면, 그 비틀거림조차 두 손으로 떠받쳐주신다는 믿음으로 친구는 다시 일을 시작하고 있는 것이다.

친구의 아버지는 IMF 시절에 작은 공장을 운영하다가 자본은 끊어지고 반품되는 물량과 휴지처럼 되어가는 어음을 다스리지 못했다. 이른 아침마다 식구들을 모아놓고 가족회의를 했다. 그날그날 해야 할 일과 태도와 각오에 대해 일러주었다. 모두 힘을 합해 걷고 뛰고 날았지만 가족은 조금 숨통이 트이는가 싶으면 또 숨이 막히고, 걷는가 싶으면 넘어지고, 나는가 싶으면 추락하고 있었던 것이다. 해가 바뀌면 괜찮아질 거라는 희망을 품었지만 바닥은 바닥을 낳고 추락은 추락을 낳았다. 그러나 마음마저 놓아버리면 안 되었다. 어떻게 착지할 것인가를 꿈꾸며 일말의 희망을 놓지 않아야 했다. 치솟아 오르다 비틀거리며 추락을 느낄 때 중심을 잡고 최대한 상처가 나지 않도록, 그곳이 어디든 착지할 수만 있기를 바랐다. 다시 걷고 날기를 원했다. 그러나 머리를 맞대고 마음을 모았지만 끝내 그리 되지 못했다. 착지의 힘을 잃고 오랫동안 신음했다.

친구가 테라스로 나왔다. 근심 어린 낯빛이었다. "추락하지 않았어. 착지했어. 잠깐 쉬러 온 것 같애."라고 말했더니 "더 쉬게 두지! 왜 그리 못살게 구냐?"며 미소를 함박 지었다.

이제 두 번 다시 실패하지 않으려는 친구의 마음은 온통 초조와 불안, 기대와 희망이 교차되고 있었다. 빗속의 먼 하늘을 희부윰히 날다 떨어진 작은 새 한 마리에도 가슴 졸

이던 그 마음을 어찌 모르겠는가. 내게 능력이 있다면 친구의 어깻죽지에 커다란 날개 하나를 달아 주고 싶었다. 간신히 착지한 이 자리에서 더 높이 더 멀리 날아오르길 바랐다.

눈은 내리고

그리스 성악가 아그네스 발차가 부르는 〈기차는 8시에 떠나네〉를 듣고 있다. 노래가 흘러나오는 화면 속은 한겨울이다. 눈발이 흩날리는 메타세쿼이아 가로수 사이로 기차가 미끄러져 들어온다. 빨간 털모자를 쓰고 보름달빛 같은 이마로 기적 소리 없이, 침묵 중인 그 사람처럼.

기차는 내 눈앞에 스르르 멈춘다. 멈추어 선 기차에서 그가 내릴까. 나는 무심히, 그리고 유심히 열리는 문들을 살핀다. 그러나 그를 찾지 못한다. 내린 사람은 겨우 두 사람. 캐리어를 밀고 가는 신사의 어깨에 눈은 쌓이기 시작하고,

카키색 키다리 코트 위에도 쌓인다. 빨간 털모자를 쓴 기차는 내 가슴을 관통하여 등 뒤로 빠져나간다. 허공을 휘젓는 눈발 때문에 나는 눈이 더욱 흐려진다. 뜨거운 바퀴가 선로 위를 지나며 흘린 흰 눈물만이 선명하다.

지나가버린 기차, 빨간 모자 기차는 다시 오지 않는다. 뒤돌아보지 않는 것이 기차인 줄 알면서도 나는 지그시 눈을 감고 역사(驛舍)로 들어가 지나간 시간과 돌아올 시간을 더듬는다.

기차의 종착지에는 북항(北航)이 있다. 안도현 시인이 '배신하기 좋은 북항'이라고 했던 그 항구다. 겨울이 오면 함께 눈을 맞자고 약속했던 그가 약속을 잊은 걸까. 육중한 마음을 끌고 가는 몸뚱이도 가볍지 않다는 것을 모르지 않는다. 그렇지만 시간을 당기거나 늦추기를 끔찍이 싫어하며, 타협할 줄 모르는 기차가 되어버린 쪽은 내가 아닌 그다.

'잘 가라, 북항을 향해 가는 기차여!'

아그네스 발차의 노래가 흐른다.

우리가 함께 나눈 시간들이 밀물처럼 멀어져갔네.
다시 돌아오지 못할 먼 길로 떠나갔네.
이제는 아침이 되어도 당신은 오지 못하리라.
당신이 품은 비밀을 가지고는
다시는 나에게 돌아오지 못하리라.

그녀의 펑키머리 속에서 구름처럼 눈발처럼 날아오르는 간절함. 역사 안에는 톱밥 난로가 붉은 혀를 날름거리고 있다. 난롯가에 둘러선 사람들 어디에도 그는 없다, 역시나.

먼 훗날, 혹시 그가 오는 날에도 눈은 내릴까. 이 쓸쓸함을 해빙시킬 기차와 함께.

나의 사랑은 나비처럼*

서른 모퉁이를 돌아서자마자 꾼 꿈 하나가 떠오른다. 강물 위에 서 있었다. 발목을 휘돌아 나가는 강물의 입술이 맑았다. 강바닥에 다슬기처럼 붙어 있는 까만 돌멩이들, 강물 속으로 꽂히는 수직 햇볕이 좀 서늘해 보였다. 나비 한 마리가 날아왔다. 짙은 청동빛 날개에 오색찬란한 그물무늬가 그려진 나비. 나를 한 바퀴 선회하더니 정수리에 앉았다. 날개를 접자 나는 고개를 들 수가 없었다. 갓바위의 갓을 내 머리에 씌워놓은 듯했다. 한 발자

* 유하의 시집 『나의 사랑은 나비처럼 가벼웠다』에서 차용.

국도 움직일 수 없고 손가락 하나 까딱할 수 없었다. 나비가 스스로 날아갈 때까지 기다려야 했다. 그러나 나비는 움직일 생각이 없었다. 미동도 않다가 내 머릿속으로 들어와 버렸다고 생각하는 순간, 나는 나비처럼 눈을 떴다.

꿈을 꾼 후 나는 나비가 되었다. 그리스 레스보스섬의 뱃사공 파온을 사랑해서 그 고통으로 바다에 몸을 던진 시인 사포처럼 나를 태울 줄 모르고 뛰어든 불꽃. 다시 유하의 시집 『나의 사랑은 나비처럼 가벼웠다』를 펼쳐 들었다. 나의 날개가 불꽃을 스쳤을 뿐인데 타오르기 시작했다. 나를 삼켜가는 불꽃이 황홀하기만 했다. 시간이 없을수록 일이 많을수록 간절했다. 설거지를 하다가 고무장갑을 거꾸로 벗어 던진 채 달려들었고, 한밤중 자다가도 일어나 맑은 눈으로 맞이했다. 밤을 새울수록 몸과 마음이 자유를 누리며 가벼워졌다. 사는 것이 이런 것이구나, 인간이 살아야 할 이유는 열정적 사랑이 있기 때문이라는 것. 류시화 시인은 이런 말을 했다. "누군가를 좋아하고 그 사람과 함께 있고 싶어지는 이유는 단순히 그 사람이 좋아서만 아니라 그 사람과 함께 있을 때 나 자신이 좋아지고 가장 나다워지기 때문"이라고. 비단 사람만일까. 물건이든 자연이든 추상적이든 형이상학적이든, 그것이 불꽃이든.

다시 유하의 시구처럼 내가 뛰어든 불꽃은 나를 비추는 거울이었다. 나는 문학의 거울 앞에서 나를 비추어 숨은 나를 찾아내는 재미에 빠졌다. 나를 향한 사랑과 연민 사이를 수없이 오갔다. 문장이 익어갈수록 불꽃은 아름다워지고 비유가 깊어질수록 거울이 더욱 맑아지는 것을 느꼈다. 와중에 권태와 슬럼프가 수시로 찾아들어 타고 있는 날개에 물을 끼얹기도 했지만 문학의 거울을 닦는 일로 생이 다하도록 행복을 보장받고 싶었다.

문학의 불꽃 속에는 언제나 내 눈치를 살피는 '너'라는 인물이 있다. '나'인 줄 알고 바라보았던 '너'를 향한 끝없는 구애에 너는 언제나 갑이었다. 나를 쩔쩔 매게 하는 것이 너의 유일한 재미였으리. 나는 너의 속모습이 보고 싶어 애걸복걸하며 스무 해를 지나는 중이다. 내 몸이 녹초가 되어가는 것을 느끼고, 한번 찾아오면 오래 머물다 가는 권태마저도 달갑게 맞을 줄 아는 나이가 되어버렸다.

나는 아직도 문학의 불꽃을 나를 비추는 거울이라 여긴

다. 거울 속, 너의 겨드랑이를 간질여본다. 내 겨드랑이에 바스러질 듯 붙어 있는 언어의 조각이 간지러워 홋홋 웃음이 난다. 네가 나였음을, 내가 너였음을 아직도 가끔은 헷갈려하는 나. 나의 사랑은 나비처럼 결코 가볍지 않았다.

노파를 기다리며

입맛을 살려야겠다. 비닐하우스 물속에서 재배된 미나리가 아니라 노지에서 제멋대로 자란 돌미나리를 산다. 겨우내 움츠렸던 땅의 기운과 시린 바람의 냄새가 저장된 듯한 돌미나리로 나른한 입맛을 깨우려 겉절이를 한다. 겉절이 맛은 원재료뿐 아니라 새콤달콤한 양념에도 있으니 설탕과 식초를 듬뿍 친다. 웅크려들었던 세포마다 새 피가 수혈된 듯 활기가 오른다.

일부 동물이나 식물 명사 앞에 붙는 접두사 '돌'은 원래의 것에 비해 '품질이 낮은' 또는 '야생의'라는 뜻을 더하는 말이다. 돌배, 돌복숭아 같은 것들이 전자의 의미를 가지고 있다면 돌미역, 돌멍게, 돌미나리 같은 것들은 후자에 가깝다. 풀 같은 미나리도 '돌'이라는 옷을 입으니 야생적 힘을 발휘하는 채소가 되었다.

지난 초봄에 일어난 팬데믹으로 수많은 사람들이 죽어간다. 어느 시점이 되면 바이러스가 사라질 줄 알았지만 재확산과 변종의 공포를 안겨주고 있다. 그 어떤 이의 눈에도 보이지 않는 코로나 19 앞에 세계가 마음을 꿇어 엎드리며 속히 사라져주길 간절히 바란다. 하지만 쉬이 물러가지 않는 전염병 앞에서 첨단 의학과 과학이 동원된 백신 개발만이 인류를 구해줄 유일한 방법이라 여긴다. 그러나 백신은 오리무중을 헤매며 좀처럼 나오질 않고, 이젠 죽음의 감각마저 돌처럼 무디어져 가는 것이 또 하나의 슬픔이며 두려움으로 엄습한다.

나는 아주 어릴 적, 태어난 지 얼마 되지 않았을 때 죽음의 문턱을 헤맸다고 들었다. 모유에 대한 알레르기가 있었던지 젖을 먹으면 곧바로 토해버려 통 먹지를 못했다는 것이다. 분유를 먹을 수밖에 없었고, 비싼 분유를 먹지 못할 형편이면 암죽으로 대신할 만큼 모유에 대해 거부반응이

심했다. 입속에 염증이 생긴 것은 우윳병을 제대로 소독하지 못한 탓이라고 했다. 염증은 면역 부족으로 낫질 않았고, 결국 아무것도 먹지 못해 죽을 지경에 이르렀다. 동네 사람들이 "지 언니 따라 죽는가배!"라고 했을 때 어머니는 두려움에 떨었다. 나의 손위 언니를 잃어버린 어머니의 슬픔이 가시기도 전에 나마저 잃을까 봐 심한 공포가 덮쳤던 것이다.

병원에 다녀도 낫지 않는 나를 보며 어머니가 거의 초주검에 달했을 때 한 노파가 지나다가 돌미나리 한 움큼을 주었다고 한다. "이거 한번 써보래이. 이걸 둘둘 말아 얼라 입속을 닦아내보래!"라며 보따리 속 돌미나리를 내어주고 가셨단다. 지푸라기 움켜잡는 심정으로 어머니는 돌미나리를 뭉쳐 어린것의 입속을 휘휘 저어냈다. 피고름이 잔뜩 묻어나는 그것을 거듭하는 동안 염증은 나아가고 조금씩 생기를 되찾아 우유를 먹기 시작했다.

입가엔 그때 흘러내린 진물로 흉터가 앉아 있다. 어릴 적 나는 이 흉터 때문에 늘 못생겼다고 생각했다. 다른 이들의 눈에는 잘 띄지 않는 모양인데 내 눈에는 그것만 보였다.

하여, 어디든 선뜻 나서지 못하고 자존감도 허릴 굽혀댔다. 하지만 흉터는 죽음으로부터 건져졌음을 확증하는 흔적이다. 어찌 성형이나 화장으로 이 오래된 생명의 확증을 감추랴. 오히려 흉터가 들여다보일 때마다 천천만만 다행으로 살아난 것에 대한 감사만 있을 뿐이다.

죽음의 문턱에서 얻게 된 인생의 나머지 시간을 그저 '덤'이라고 부르기엔 약하다. 특별한 생명, 특별한 덤을 달리 설명할 길이 없다. 내 것이 아닌 생명과 시간을 평생 공짜로 부여받아 누리는 삶이다. 어쩌면 그 노파가 건넨 돌미나리가 아니었으면 이 세상에 존재하지 못했을 몸이라 생각하니 늘 삶에 최선을 다해야 하는데, 얼마나 나는 간사하며 이기적으로 살아왔는지 모른다.

코로나 19로 너도나도 불안에 떨고 있는 요즘, 자동적 거리두기까지 몸에 배어 사람이란 결국 더더욱 홀로인 듯한 느낌을 지울 수 없다. 누구는 감염되고, 누구는 감염에서 치료되어 장기에 흔적을 지니고, 누구는 죽고, 누구는 감염되지 않았지만 모두가 몸을 사려야 하는 나날들을 지난다. 마음껏 들이마시고 내뱉었던 공기와 바람과 햇볕으로 누렸던 기적들이 뒷걸음치고 있는 세상에서 기적 아닌 것이 없었음을 죽음의 그림자를 느껴보아서야 알게 되었다.

희망을 건 백신을 애타게 기다리며 그 예전 한 노파와 그 노파가 주었던 돌미나리 생각이 절로 난다. "이것 한번 써 보래이!"라며 누군가 생명의 백신을 가져다주길 바라는데, 그 노파는 이제 다시 나타나지 않을 것인지 아니면 우리가 초주검에 달해 자포자기 상태가 되면 나타나 미나리 한 움큼 아무렇지도 않게 건네주고 사라져버리시려나.

우리의 생명을 아무리 지키고자 해도 우리 힘으로는 되지 않는 것이 비단 팬데믹 상황 뿐만은 아니다. 앞으로 또 무슨 역병이 나타날는지 모르고 무슨 재앙이 일어날지 아무도 모른다. 각자의 죽음과 삶에 대한 확신을 스스로 만들 수 없다는 것이 확진돼버렸다.

인간들이 서로 뜻을 모아 바벨탑을 쌓아 하늘에 오르고자 했지만 교만을 질색하시는 신은 인간의 언어를 흩어버리셨다. 서로 말과 뜻이 통하지 않으니 하늘의 뜻을 알아내지 못하게 되고 말았다. 아무리 과학과 의학을 비롯한 지식을 쌓고 쌓아도 인간의 힘이 하늘에 이를 수 없다는 것을 이 눈에 보이지 않는 바이러스가 또다시 가르쳐준 것 같다.

자기 생명을 자기 마음대로 할 수 없음을 다시 확인하는 마음 하나 얻은 것만으로도 팬데믹은 충분한 순기능을 한 것 같다. 어쩌면 노파는 이 깨달음의 미나리 한 움큼 던져주고 우리 앞을 지나갔을지도 모를 일이다.

동네 어귀에 달린 단추

지금 사는 우리 동네로 이사 오게 된 결정적 이유는 순전히 지번 때문이었다. 도심 속에 살면서 꿈꾸어온 약간의 은둔과 낭만이 깃든 '산 26번지'. 주소를 보는 순간 '이곳이다!' 생각되었다. 나는 이 주소가 좋아 도로명 주소로 바뀌고 나서도 한참 동안 이 지번을 사용했다.

내비게이션이 있어도 우리 집을 찾아오기란 쉽지 않은 모양이다. 대로를 달리다 동네 입구로 들어서면 갈래길이 여럿 있는데, 두어 번 왔던 사람들도 또다시 헤매곤 한다. 주차를 엉뚱한 곳에 해놓고는 남의 아파트 단지와 구분 짓는 담벼락 밑 개구멍으로 나를 마중 나오게 하는 일이 잦다.

내비게이션이 차를 뱅뱅 돌게 만드는 이 동네의 기준은 '모드니마트'다. 나는 친구들에게 이 모드니마트 오른쪽으로 난 세 갈래 길 중 가운뎃길을 타고 올라오라고 당부를 하건만 어김없이 마트 앞 삼각지대를 헤매다 차를 돌리고 만다.

우리 동네를 찾아오는 사람치곤 모드니마트를 모르는 사람은 없을 것이다. 들어가서 물건을 사지는 않아도 동네 사람들의 약속 장소가 대개 모드니 앞이고, 대로에서 만난 이웃들이 각자의 길로 헤어지는 곳도 이곳이다. 대형 마트에서 장을 보다 깜빡 잊은 물건이 있으면 집으로 올라가는 길에 모드니에 들른다. 갑자기 필요한 조미료를 사러 슬리퍼를 끌고 내려갔다 올 수도 있는 곳, 집밥이 똑딱 떨어져도, 한밤중에 입이 궁금해도 환히 불을 켜놓고 기다리는 마트가 있으니 참 요긴하다.

그러나 동네 마트는 이 정도 소용으로 그치는가 싶다. 시간만 주어지면 무조건 차를 몰고 시내 대형 마트까지 나가는 게 습관이 되었다. 나간 김에 충동 구매를 하고 세일이 겹치면 바리바리 사서 모드니 앞을 아무렇지도 않게 지나

친다. 일찍 문을 열어 늦게까지 버텨야만 유지가 된다던 모드니 주인의 말이 맞을 것이다. 손님들이 내놓는 티끌 같은 푼돈으로 태산을 꿈꾸는 가게, 우리 동네 마트.

한번은 지갑을 잊은 채 들렀다가 외상을 달아놓았다. 장부에 주인이 적는 우리 집 주소와 전화번호 손 글씨가 정다웠다. 얼른 돈을 갖다 드리겠다는 말에 생각나면 갖다 달라는 대답이 묵은 장아찌처럼 내 구미를 당겼다. 딸과 함께 들를 때마다 주인 아저씨는 우리를 빤히 번갈아보며 붕어빵 모녀라고 놀래댔다. 그러면 우린 "마트 아저씨 정말 느끼해. 그냥 물건이나 파시지."라며 씩씩대기도 했다. 주로 오전엔 아저씨가, 오후엔 배달 다니는 아저씨 대신 아주머니가 야채를 다듬으며 가게를 지켰다. 늦은 밤이면 아들 총각이 카운터를 봤다. 식구들이 돌아가며 매달려 마트를 지켜내느라 힘쓰는 모습에 자주 애용해야겠다는 생각을 했다. 하지만 그 순간뿐이었다. 한마디로 동네 소형 마트는 평소 안중에도 없다가 필요할 때만 찾는 곳으로 일부러 마음 내어 들르기 쉽지 않았다.

주민들의 생활에 응급용 공급처같이 자리를 지켜오던 우

리 동네 모드니마트에 플래카드가 걸렸다. “그동안 성원해 주셔서 감사드리며, 부득이 폐업을 하게 되었습니다. 그동안 쌓아 오신 ‘포인트’ 사용 바랍니다. 감사합니다. 사용기간 : ○월 ○○일~○월 ○○일”. 차를 몰고 나가다가 플래카드에 펄럭이는 글을 보고 모드니 앞을 뱅뱅 돌았다. 긴요할 때마다 기대어오던 어깨 하나가 맥없이 쓰러지는 듯했다. 있어도 되고 없어도 되는 장소가 아니라, 있을 땐 모르지만 없으면 안 되는 무엇, 마치 옷의 제일 첫 단추 혹은 마지막 단추 하나가 떨어져 내리는 것 같았다. 춥거나 더울 때 여미거나 풀 수 있는 단추가 여태 달랑거리던 채로 버텨왔던 것이다. 이 단추가 떨어지고 나면 어떤 세련되고 편리한 단추가 달려 우리 생활을 편리하게 할지 궁금했다. 아니면 없는 대로 살아가게 될까? 우리 동네 사람들은 이제 더욱 대형 마트로 달려가거나 온라인 장보기에 맛 들어갈지도 모르겠다. 내 마음에는 오래된 이 낡고 작은 마트가 동네 초입에 떡하니 버텨주면 좋겠다. 함께 낡아가던 이 동네에 다시 이 낡아 달랑거리는 단추를 꿰매어 달 수 있으면 싶다.

소상공인들이 줄도산하는 즈음, '모드니마트'도 드디어 문 닫을 시간이 다가온다. 백 세 시대, 인생은 칠십부터라는 시쳇말이 있다. 아직 인생을 시작하기도 전인 모드니 주인 내외와 모드니를 잃은 우리 동네 사람들은 이제 21세기 4차 산업혁명 시대를 향해 걸음마 떼기에 돌입한다. 온라인 쇼핑몰에서 장바구니에 물건을 담고 개인정보 제공에 동의하고 체크해둔 주소로 배달 요청을 하고 집에서 기다리면 된다. 직접 장을 보고 흥정하고 덤을 얹는 재미는 별똥별처럼 떨어진다. 나이 든 사람들이 많은 우리 동네도 인공지능 시스템에 단단히 의지하여 시대의 뒤꽁무니라도 붙잡고 따라가야 한다. 떨어진 단추 따윌랑 잊어버리고 이 시대가 디밀어주는 새로운 문화에 낡은 단추 같은 우리를 얼른 꿰어 잇는 것이 살아내는 방법일 것이다.

마침 이번에 코로나 19로 인해 들어온 국민재난지원금이 있으니 '모드니'에 얼른 조문이라도 다녀와야겠다.

리허설

울산 예술제가 한창이다. 문인협회 시화 전을 관람 온 시민들에게『울산문학』지 선물하는 일을 맡고 있다가 오후로 슬슬 접어든다. 찜통더위 때문인지 사람들의 발길이 뜸해질 무렵, 중앙무대 스피커가 귀를 번쩍 뜨이게 한다. 저녁 공연의 리허설이 시작된 것이다.

흔히 인생에는 리허설이 없다고 말한다. 인생은 늘 생방송이라고, 눈앞에 마주하는 매 순간이 처음이자 마지막이라고. 그렇지만 삶이 생소하리만큼 놀라운 변화가 잦은 것은 아니다. 대개 살아온 대로 살아가고 경험해온 대로 경험해나간다. 급변하는 상황이나 환경에 부닥쳐도 추슬러나가는 능력이 대단하여 또 새로운 일상에 금방 젖게 된다. 어떤 모양으로든 살아가는 그 자체가 어쩌면 삶의 마지막 어느 무대를 위한 리허설일지도 모르겠다는 생각이 든다. 인생의 끝에서 만나는, 한 번밖에 없는 죽음이라는 무대에서 자신 최고의 것을 내놓기 위한 삶의 끝없는 연습 같은 것.

몽테뉴는『수상록』에서 늘 죽음을 염두에 둔다고 했다. 그 두려운 무대를 겁먹지 않고 놀라지 않으려면 반복되는 일상에, 그중 특히 자신의 삶에 최선을 다해야 한다는 구절이 있다. 죽음이 목표는 아니지만 결론이라고 하면서. '결론'이라는 말, 두려운 말이다. 반복할 수 없고 되돌아갈 수 없는 시간을 건너온 후 오롯이 남게 되는 엑기스. 그 마지막 무대에서 만나게 될 결론을 생각하면 일상의 리허설을 쉽고 가볍게 여길 수가 없다.

학창 시절, 추수 끝난 늦가을 무렵이면 학예회가 열렸다. 무용, 노래, 악기 연주 발표를 위해 그동안 많은 시간 연습을 해왔다. 무용을 할 때면 동작 하나하나와 손가락 모양까지 교정되도록, 합창에서는 누구 하나 도드라지지 않도록 자기 소리를 낮추어 화음을 모으느라 해 지는 줄 몰랐다. 대회가 있던 날, 한번이라도 리허설을 더 하기 위해 무대 쟁탈전을 벌이기도 했다. 그동안의 연습은 리허설을 위한 리허설이었다. 본무대에 오르기 전의 리허설은 최상의 결론을 얻기 위한 최선의 마지막 컷이었다.

살아온 시간을 누구에게 보이고 평가받는 것은 생각만 해도 어깨가 무겁고 숨이 막힌다. 평가하는 이가 없다면 그 누구도 의식하지 않고 마음대로 살 수 있어 좋을까. 사람이란 뭔가 이루고 싶어 하고 인정받고 싶어 하기에 내버려둬도 꿈을 이루어나갈 텐데. 그러나 본성이 게으르고 악해서 방종을 일삼는 즐거움에 더욱 빠져들기 쉬울 것이다. 이후 찾아오는 낭패를 수습할 길을 알지 못하면서도 끈 풀린 자유를 한없이 질주하는 존재가 사람 아니던가.

진정 행복한 자유는 구속이 있을 때 가능하다고 에리히 프롬의『자유로부터의 도피』가 말해준다. 사람이란 실제 누군가로부터 매임이 없는 상태를 가장 두려워한다고. 사람의 감정 중 가장 힘든 것이 불안이라고 하는데, 서커스에서 공중그네를 탈 때 이 그네의 줄을 놓고 저 그네의 줄을 잡기 직전인 그 순간을 불안으로 해석하기도 한다. 손에 아무것도 잡지 않은 채 허공에 머무는 그 찰나는 얼마나 긴 두려움으로 느껴질까. 그래서 사람은 단독아가 아닌 사회아로 서로 손을 잡아줄 때 안정감을 느낀다. 이 또한 자신을 조율하고 타인과 조화하려는 리허설적인 삶의 노력 없이는 쉽지 않은 일 같다.

누구에게나 생의 끝을 매달아놓은 줄 하나가 있다. 피할 수 없는 죽음이다. 태어나면서부터 이 줄에 매달려 있다는 걸 알면서도 잊고 산다. 어느 날 어떤 일로 줄이 잡아당기는 것을 느낄 때 번쩍 정신이 든다. 비로소 스스로를 돌아보며 생각하는 시간을 가지기도 한다. 방종이나 맹종으로 살아왔다면 이제는 로봇이 아닌 사람만이 지닌 자유의지로 스스로 죽음의 구속에 매일 때 진정한 평안을 찾게 되는 법. 일회성 서커스 같은 단막극 삶이 아니라 상설된 삶의 무대에서 성실한 리허설로 마지막 결론을 꿈꾸며 나아갈 때 안정감이 깊어짐을 생각한다.

시화전에 걸린 시 한 편도 소 뒷다리로 쥐 잡듯 탄생된 것 없으리라. 많은 지식과 아름다운 감성과 깊은 영성을 갖추었다 하더라도 수없는 퇴고의 리허설을 거쳐 나온 작품들이다. 시인들 중에 누군가는 시어 하나를 위해 밤을 지새

우기도 한다. 미술협회의 그림과 조각들, 건축협회의 건축물 사진과 축소된 실제 건축 모형들에도 예술가들의 일상적 리허설이 고스란히 스몄으리.

열심히 살았다고 자부하지만 막상 지난 시간을 되돌아보면 자기만의 또렷한 인생 한 막이 보이지 않을 때 사람들은 허무하다고 말한다. 눈에 보이는 물질이나 외모는 이미 사그라졌고 애지중지했던 보석들이 사금파리 빛이었다는 것을 알았을 때 한탄한다. 빛나는 마지막 무대를 연출하기 위해 삶은 리허설의 연속이며 죽음은 리허설의 결론임을 기억해야겠다.

울산 예술제 리허설이 막바지에 닿는가 보다. 좋아하는 국악이 올라온다. 북이 울리고 따라 나오는 장구와 꽹과리의 조화가 무더위가 가시도록 전율적이다. 뒤이은 무용수들의 부채가 파도를 타고, 리허설을 향해 발걸음하는 관중들의 박수가 하늘로 오른다. 스치는 미세바람 한 줄기에 무대 위 예술가들의 비지땀 냄새도 훅 끼쳐오는 듯하다. 몇 차례 리허설이 어느새 끝이 나고 이내 본무대가 코앞이다.

길고 길 것만 같았던 여름 한낮, 참으로 짧다.

꽃밭에 가고 싶다

박 할머니는 작년 늦가을에 스물아홉 손녀를 잃으셨다. 다섯 살에 뇌종양을 앓았던 후유증으로 말을 잃고 옴짝달싹 못한 채 이십여 년 넘도록 누워 지낸 손녀였다. 박 할머니는 집안일과 손녀를 챙겨 먹이는 일에 생을 다하다 여든이 넘어섰다.

그 옛날 부유한 집안에 태어나 고등학교까지 졸업한 박 할머니, 피아니스트가 꿈이었던 할머니는 집안일을 하다가도 손녀를 바라보며 피아노를 치곤 했다. 동요도 퐁당퐁당 펴 올리고 찬송으로 코를 훌쩍이기도 했다. 나는 박 할머니 집을 자주 드나들며 이웃사촌이 되었다.

한번은 교회에서 나들이가 있었다. 박 할머니가 소풍 한 번 다녀왔으면 하는 눈치였다. "아무 걱정 말고 저만 믿고 다녀오세요." 큰소리를 쳤더니 "그럼, 내 한번 댕기올게."라며 집을 나섰다. 나는 늘 생글거리는 박 할머니의 흉내를 내며 아이 곁에 붙어 앉아 밥을 떠 먹이고 기저귀도 갈아주었다. 할머니가 돌아오시기 전에 틈틈이 청소도 말끔히 해 놓았다. 그런 나를 아이는 물끄러미 쳐다보다 찡그리다 미소 짓다 잠을 자다 했다.

아이와 나는 친해졌다. 나를 볼 때마다 머루빛 눈동자로 인사를 했다. 목젖이 보이도록 웃었다. 어릴 적 치료 중 몸속에 박아놓았다는 파이프 때문에 키가 제대로 자라지 못했고 용변도 할머니께 맡겼지만, 내 눈에는 세상 때 묻지 않은 천사로 보였다. 박 할머니가 언제나 환하게 웃으며 손녀를 사랑스럽게 바라보는 이유를 알 것 같았다. "우리 손녀만 보면 내가 자꾸자꾸 힘이 나지!"라며 행복해했던 이유를.

박 할머니는 집을 좁혀 이사하면서 피아노를 버려야만 했다. 오래된 피아노가 자리를 많이 차지하는 데다 운송비와 조율비가 만만찮았기 때문이다. 나는 할머니가 치는 피아노에 맞추어 노래 부를 수 없게 된 것이 서운했지만, 손녀에게 피아노를 더 쳐주지 못하게 된 할머니의 마음은 더했다. 손녀가 아주 어린 아이였을 때 손가락을 꼭꼭 짚어가며 놀던 피아노는 아주 헐값도 되지 못한 채 넘겨졌다.

언젠가부터 박 할머니의 청력이 점점 낮아지기 시작했다. 제대로 듣지 못하니 엉뚱한 답변이 나오곤 했다. 전에 없이 잦은 감기로 병원을 들락거리자 그리 바지런하던 몸이 굼떠 보였다. 혹시 무슨 일이라도 생기면 손녀는 누가 돌볼 것인가, 어디로 보낼 것인가라는 내 걱정을 알아채셨는지 할머니도 마음이 똑같다고 하셨다. 손녀와 한날한시에 천국 가고 싶다고 소원했다. 손녀는 달리 아픈 데는 없었다. 가끔 열이 나고 체하기는 했지만 할머니는 손녀의 눈짓 하나 표정 하나만큼은 제 몸보다 더 잘 느끼고 읽어 그때그때 치료해왔다.

그날 입맛이 통 없다던 박 할머니와 함께 식당에서 밥을 먹는 중이었다. 돌봄이 아주머니로부터 연락이 왔다. 아이가 이상하다는 것이었다. 할머니는 숟가락을 밥공기에 얹어둔 채로 신발을 꿰차고 내달렸다. 바로 병원으로 옮겼으나 병원 가는 십 분도 채 되지 않는 길에서 손녀를 하늘나라로 보냈다.

"우리 아—를! 아이고! 며칠 전부터 토하긴 해도 약 잘 묵고 괜찮았는데……. 하나님 아부지가 우리 아—를 내보다 먼저 델꼬 가셨네."

장례식에 아이의 아빠와 친척 몇 분과 이웃 사람들이 모였다. 관이 들어오자 박 할머니가 마중 나가듯 하며 두 팔을 벌려 끌어안았다. 단말마적인 울음 하나가 관 위로 떨어졌다. 그것은 박 할머니 마음에 평생 괴어 있던 왈바리, 한 번도 보여주지 않고 내색하지 않던, 어쩌면 버텨오던 힘이 한 방울 고혈로 변해 툭, 굴러떨어지는 순간이었다. 장례식장은 눈물바다가 되었다.

손녀가 떠난 후, 피아노 한 대가 들어왔다. 아무것도 못하고 누워 있는 박 할머니에게 아들이 사준 새 피아노였다. 손녀가 누웠던 자리에 아직도 보드라운 이불이 깔려 있고, 만지작거렸던 토끼 인형도 그대로다. 박 할머니는 뭉툭한 손가락으로 피아노를 쳤다. 평소 손녀에게 쳐주었던 동요들, 엎드려 기도할 때 불렀던 찬송가들이 흘러나왔다.

"우리 아워있가 아즉까지 한 번도 꿈에 안 비네."

나는 깜짝 놀랐다. 바로 전날 꿈에서 아이를 봤기 때문이다.

"제가 봤어요. 햇살이 노란 부챗살처럼 퍼져 있는 담장에 꽃들이 가득 피었던데요, 현지가 황새 같은 다리로 걸어 다니며 놀고 있던데요!"

박 할머니의 얼굴이 환해졌다.

"우리 현지 지대로 컸으면 다리가 억수로 길었을끼다. 꽃밭에 있더나? 걸어댕기더나? 그래, 잘 걷더나? 그런데 머라카더노?"

아이가 떠난 작년 늦가을은 참으로 길었다. 겨울도 길고 길었다. 봄이 다시 오지 않을 것 같았는데 어느새 또 새봄이, 또 여름이 왔다. 우리 동네 태화강 공원에 지금 꽃 축제가 한창이다. 박 할머니는 요즘 아침저녁으로 꽃밭 나들이가 일이다. 오늘은 저 꽃밭 속에 피아노를 내다놓고 한번 쳐보면 좋겠다고 한다.

구별된 자리

어쩌다 리더십 모임에 들게 되었다. 내가 감히 무슨 리더라고 이런 자리에 속한단 말인가. 자격이 안 되는 줄 엄연히 알면서도 H사장의 권유를 거절하지 못해 우물쭈물하고 있는 사이 H사장이 고갤 끄덕이며 자리를 뜨고 말았다. '우물쭈물 내 이럴 줄 알았지.' 버나드 쇼의 묘비명이 내 일상에 뜰 때마다 통탄이 절로 일어났다. 때는 늘 한 발 늦고 말았다.

조찬 모임이라 밤잠을 설치고 이른 새벽부터 일어나 준비를 했다. 아침잠이 많은 내겐 천지개벽 같은 일이다. 다행히 모임 장소에 조금 일찍 도착했다. 내가 앉은 테이블로 여성 리더들이 모여들었다. 옆자리엔 연로해 보이는 분이 자리를 잡았다. 모 단체 회장이라고 소개했다. 또 앞자리와 건너자리에 앉은 인사들도 자신을 소개하며 명함을 건네왔다. 나는 명함 없는 손이 부끄러웠다. 변변찮은 나 자신을 대면한 것 같아 식은땀이 났다. 겨우 한 사람씩 눈을 맞추며 내가 하고 있는 일을 들먹여 인사를 했다.

모임 시간 정각이 되자 바로 순서가 진행되었다. 모두 자세를 가다듬으며 앞으로 걸어 나오는 강사를 향했다. 강사가 선 뒤편이 온통 거울벽인 걸 그제야 보았다. 모인 리더들의 모습이 훤히 드러났다. 새벽같이 나왔지만 깔끔하게 차려입은 옷과 눈빛이 형형했다. 강의에 집중하는 모습들은 진지하고 대부분이 고갤 끄덕이며 반응했다. 내 귀는 강의에, 눈은 거울 속에 꽂혔다. 거울 때문에 앞에 선 강사가 회중 한가운데 선 것처럼 청중들을 조곤조곤 이끌어갔다.

이어령 교수의 말을 빌리자면 시대와 장소에 따라서 요청되는 리더십의 특성이 제각기 다르지만 오늘날에는 독선적 지도자도 관리형 지도자도 양떼를 몰기는 힘들다고 한다. 양떼들이 침묵하지 않기 때문이라고. 양떼의 앞도 뒤도 아닌 한복판에서 양들과 함께 움직이는 것이 현대의 지도자상이라고 씌어 있던 한 구절이 떠올라 거울로 인해서였지만 강사가 한가운데 선 것이 묘미였다.

강의 주제는 '구별된 삶'이었다. 리더로서 구별된 삶을 사는 것은 차별이 아니다. 자신에게 맡겨진 무리와 사회와 또 나라를 위해 생각도 말도 행동도 달라야 한다는 것이다. 겸손과 섬김. 수없이 들어왔기에 당연지사라 여기지만 가진 지식과 물질이 많은 리더로서는 늘 훈련을 거듭해야만 나타날 수 있는 고도의 성정 아닐까. 올라가기는 쉬워도 내려오는 것이 힘든 리더들에게 겸손하라니, 섬기라니, 쉽지 않기에 자리를 지키기도 어려워진다. 기업인들이 돈을 버는 것, 과학자들이 기술을 만드는 것, 정치인들이 정치를 하는 것, 봉사단체가 봉사를 하는 것 모두 리더로서 자질을 갖추었을 때 세상은 이상사회가 된다고.

똑같은 내용을 누가 전하느냐에 따라 청자의 반응이 달라진다는 것은 그 리더의 보이지 않는 삶 때문이다. 의롭고 진실한, 한마디로 구별된 삶의 힘에서 리더십이 나온다. 삶을 구별해서 깨끗하게 사는 사람의 말에는 영향력이 있어 타인의 삶을 움직이게 한다. 아무리 지식과 권위를 가졌어도 구별된 삶을 살지 못하는 리더십은 힘을 가질 수가 없다. 사람은 말로만 사는 것이 아니라 그 말과 일치된 행동으로 살아낼 때 비로소 리더다운 리더가 된다. 이런 리더들이 함께 일어날 때 사회와 국가가 살아나다니, 사회와 국가의 존폐가 리더에게 달렸다 해도 과언이 아닐 것이다.

어쩌다 이들과 함께 시간을 가진 나는 점점 이들을 닮아가게 될 것을 소원했다. 자격이 부족해도 자리가 사람을 만들어간다는 말이 있는 것처럼 이 자리를 빌려 점점 사회가 원하는 한 사람으로 빚어져갈 내 모습을 생각하니 가슴이 떨려왔다. 양들 속에 섞여 누가 리더인지 알아볼 수 없어도 리더는 자신의 내부에 자격을 지니고 있으며 타인의 생명을 살리기 위해 창에 찔린 흔적을 가지고 있기 마련인 것을. 그 자격과 흔적을 지니기 위해 시작하는 첫발이면 좋겠다.

간단한 조찬 시간에 서로 자신의 형편을 나누고 조언도 주고받다가 자리를 뜨기 시작했다. 같은 테이블에 앉은 여성들도 다음 모임을 약속하며 총총히 떠나갔는데 옆자리에 앉은 모 회장이 자신이 종사하는 일에 대해 얘기를 꺼냈다. 봉사단체의 주된 일들이었다. 평소 건성으로 들어오고 여겨왔던 단체였기에 그토록 놀라운 봉사활동을 하는 줄 몰랐다. 모 회장은 은퇴를 눈앞에 두고 있었다. 하지만 사회 구석구석에서 해야 할 일들이 산더미 같다고 했다. 온 세계가 전 방면으로 혼란스러운 오늘날 우리나라 같은 선진국 사람들이 아직도 자신만을 위해 사는 것은 어리석은 일이라며 물질이나 재능을 아낌없이 나누며 여생을 보내기로 했단다.

어제까지만 해도 나는 이 시간 아직 이불 속에 누워 있었다. 구별된 삶의 등불을 들고 불을 당긴 첫날, 할 일이 태산인 게 내 눈에도 금방 보이기 시작했다.

자줏빛 동침

철제 지붕으로 기둥을 세우고 서까래를 얹는다. 얇은 천이지만 지붕을 이고 벽을 세우고 바닥도 다진다. 근사한 방 한 칸 마련된다. 해안 절벽에 핀 해당화에서 흘러나오는 자줏빛 어둠이 데크 위의 방으로 스며든다.

사는 일에 밥을 먹고 잠을 자고 이야기 나누는 인간의 기본적 욕망 말고 무엇이 더 필요할까. 애써 삶에 의미를 더하고자 숨 가쁘게 일을 하는 것이 욕망을 더욱 달콤하게 즐기기 위한 수단은 아닐까. 피곤할 뿐일 때가 더 많다는 것을 알면서도 놓지 못하는 이유는 또 무엇일까.

바다 곁에 눕는다. 다음 날 해가 뜨면 몸도 마음도 가볍게 일상으로 돌아가리라. 하룻밤 바다와의 동침이면 적어도 한 계절은 다시 뛸 수 있을 것 같다.

넓은 품을 벌려 차르르르 처얼썩 불러주는 감미로운 자장가가 내 안을 파고든다. 나는 곧 숙면에 들리라. 하루를 끝내고 잠들기 위해 누웠을 때 또 내일을 생각하지 않을 수 없어 뒤척였던 어제와 그제와 그 많은 날들이 아닌, 바다의 드넓은 품에서 내일이 오지 않을 것처럼 잠들고 싶다. 눈을 감는다. 어제처럼 여전히 뒤척이는 나. 바다도 파도의 입을 밤새 열었다 닫았다 하며 바람을 먹고 토하기를 반복한다. 한숨도 잠을 이루지 못하는 듯. 무엇이 그리 힘겨운지 제 속을 뒤집고 굴리기를 반복한다. 쿨럭쿨럭 요동도 친다. 몸을 포갠 바다와 나는 잠들지 못해 서로를 바라본다.

다시 눈을 감는다. 바다와 깍지를 낀다. 쉬지 않은 노동으로 뼈가 굵어지고 파문으로 주름진다. 자신의 시원(始原)을 떠올리기도 하고 흘러든 것들을 되뇌어보이는 바다의 출렁임이 전해져온다. 그 품에 안을 수밖에 없었던 수많은 사연에 쉬지 않고 물결선을 그어가며 지우는 중일까. 그러다 바다는 생각을 한꺼번에 부려놓으려고 하루 수만 번도 넘게 해변으로 달려 나가는 것일까.

나는 구름과 비의 마음으로 하늘과 땅을 수없이 오르내렸지만 한 방울의 품도 만들지 못했다. 아무것도 흘려보내거나 여과시키지 못한 스스로에 지쳐 이 바다로 뛰어오지 않았나. 어쩌면 원하지 않았던 것까지 품기만 했을 뿐, 뒤척이기만 했을 뿐인 바다와 나는 동병상련일지도. 물 한 방울도 되지 못한 이런 나를 바다는 어떻게 읽고 있을까. 밤새 뒤척이며 쿨럭이는 내 숨소리를 바다도 듣고만 있다.

품이 넓다 하여 모두 삭여내는 것은 아니다. 바다가 제 눈물로 바다를 이루었다면 나는 나의 눈물로 나를 이루어 가는 것. 나처럼 바다도 더 넓은 어떤 품을 원하고 있을까. 오히려 바다를 안아주고 싶은 나의 이 오만한 오지랖. 나는 한숨도 잠을 이루지 못하고 일상으로 돌아가기 위한 또 하나의 아침을 맞는다.

텐트 문을 열어젖힌다. 동녘이 붉은 해를 번쩍 들어올린다. 바다도 나도 밤새 뒤척였던 비늘을 턴다. 또 다른 하루다.

시간 벌기

시간 버는 방법 한 가지를 소개한다. 처음에 잘 되지 않는다고, 뭐 이딴 게 다 있냐고 짜증 부리면 절대 시간을 벌 수 없다. 시간이란 세상 모든 사람에게 가장 공평하게 주어진 것, 그런데 좀 더 내 것으로 벌 수 있는 방법이 있다. 비밀에 부치고 혼자만 누리려다 많은 사람들이 궁금해할 것 같기에 공개한다.

이 벌이는 대개 여름 저녁에 이루어진다. 아쉽게도 봄, 가을, 겨울까지는 알아내지 못했다. 난 여름만 되면 더욱 발동이 걸려 바삐 뛰어다니곤 한다. 해가 길어서 더욱 분주한 여름. 이제 그 비밀을 개봉박두한다.

일단, 고구마 줄기 한 단을 사라. 두 단은 안 된다. 딱 한 단! 반 단도 안 된다. 고구마 줄기를 고를 때 너무 색깔이 진한 것은 안 된다. 그렇다고 펄펄 살아 있는 초록도 피하는 게 좋다. 몇 단만 사다 보면 어떤 빛깔, 어느 정도 굵기의 것을 골라야 할지 절로 알게 된다. 그런 안목까지 다 가르쳐줄 순 없다. 이왕이면 다 가르쳐주지, 라고 생각하는 사람은 시간이 부족하지 않은 사람일 것 같다. 나만큼이나 바쁜 사람이라야 내가 지금 말하려는 것이 먹힌다. 시간을 만들 수 있다는 데 물불 가리지 않고 따라 해봐도 좋을 것이다.

고구마 줄기를 샀으면 소금물에 담그라. 소금 양은 손가락 끝으로 찍어 맛봤을 때 "앗, 짜!" 정도면 된다. 순식간에 담갔다 건져 올리지 말고 담가놓고 일단 다른 볼일을 봐야 한다. 우리 같은 이들에겐 한두 시간은 날아가는 물총새다. 물총새 두세 마리 날렸다고 걱정할 것 없다. 고구마 줄기는 소금물에서 이미 기절했기에 아무것도 모른다.

이제 고구마 줄기를 까라. 줄기 윗부분을 잡고 툭 분질러라. 기절 상태라서 잘 부러지지 않으면 그냥 살살 흔들어가면서 분지르면 쉽게 꺾인다. 완전 분질러서 똑 떼내면 껍질을 벗길 수 없다. 껍질에 분지른 부분이 붙어 있게 해야 벗길 수 있다. 잔소리 같지만 왕초보도 분명 시간 버는 법을 궁금해할 테니 말해두는 것이다. 이제 천천히, 손에 힘을 빼고 아주 천천히 껍질을 벗겨라. 껍질이 끊어지려 하면 더욱 힘을 빼고 살살 달래가며, 그 순간을 즐겨가며 벗겨야 한다. 한번에 윗부분부터 아래 끝까지 껍질이 벗겨질 때의 그 쾌감에 소리도 한 번씩 질러줘야 한다. 시간이 벌리기 시작한다. 돈으로 환산할 수 없는 시간이 고구마 껍질이 벗겨지면서 생긴다. 한 가지 정말 중요한 조건이 있다. 고구마 줄기를 까는 동안 무상무념에 들어야 한다. 하늘에서 천둥이 우르릉 쾅쾅 뛰어다녀도 눈도 깜짝 않고 까야 한다. 휴대폰 같은 건 옆에 두지도 말고. 마지막 한 줄기까지 무위자연이 되라. 이 경지까지 이르러야 시간은 온전히 그대의 것이 된다. 누리면 누릴수록 시간이 늘어난다.

한 단의 시간을 벌 줄 아는 사람은 평소에 혼이 나간 듯 바삐 뛰어다녀야 한다. 바쁘지 않으면 절대 벌 수 없다. 바빠서 울고 싶은 사람, 몸이 몇 개 더 있으면 좋겠다를 줄줄

달고 사는 사람일수록 좋다. 쫓아다니며 살고 산더미처럼 쌓인 일 앞에 푹 내쉬는 한숨도 기본이다. 그런 중에 번 시간인 만큼 더욱 소중하다. 자, 그럼 고구마 줄기를 사러 뛰라.

나는 올해 여름에 고구마 줄기로 다섯 단의 시간을 벌었다. 식구들은 시간을 낭비한다고 엄청난 핀잔을 했지만 이 뿌듯함을 어찌 알까. 사소한 고구마 줄기 까기가 마음의 여유를 벌어준 것이 고맙기만 하다.

제2부

너뿐이야!

■ ■ ■

흰꽃과 초록잎이 결합이 아닌 절묘한 조화로

고봉밥을 지어 허기진 사랑의 배를 불린다.

꽃 따로 잎 따로가 아닌 '우리'라는 영원한 사랑의 빛깔이 경이롭다.

도둑놈의지팡이

들꽃학습원 한 귀퉁이에 '도둑놈의지팡이'가 버려져 있다. 우람하지도 단단하지도 않다. 어디에도 소용없어 보이는, 부지깽이도 되지 못할, 툭 분지르면 쉽게 동강나버릴 여러해살이 풀. 뿌리가 지팡이의 구부러진 손잡이처럼 생겼다 하여 붙여진 개똥 같은 이름이다. 들꽃학습원 외진 곳, 구석진 방에 사숙(私宿)하듯 앉아 차라리 도둑놈 하나 나타나 몰래 짚고 가주길 기다리는 도둑놈의지팡이.

여름 한낮 짬을 내어 도둑놈에게 들른다. 이왕 얻은 이름, 이름처럼 살아버리라고 들쑤신다. 어쩌면 진짜 도둑놈이 땅속에서 뿌리를 지팡이의 손잡이로 잡고 있을지도. 비바람이 흙의 닫힌 문을 덜컹거려주기라도 하면 당장 지팡이를 짚고 절뚝절뚝 들꽃학습원을 나설지도 모르겠다. 그때까지 향기 뿜는 이름들 속에 섞여 살아주기를. 이웃한 '으아리'하고는 별 탈 없이 지내주기를, '노루발'한테서도 무사하기를. 문제는 '도둑놈의갈고리'인데, 제발 동병상련으로 여겨주길 바란다.

이름도 거처도 뭣 하나 제 맘대로 정할 수 없는 풀의 신세지만 학습원 우두머리로 못 박혀 살아가야 하는 '리기다소나무'에 비하면 얼마나 다행인가. 이름 때문에 손해 보는 듯하지만 또 그 이름으로 하여 나름의 자유도 누리니 그만하면 괜찮은 풀이다. 바람에게 슬쩍 붙으면 언제든 학습원을 나갈 수 있는, 땅속에 박힌 지팡이까지는 뽑아가지 못하겠지만 담장을 훌쩍 뛰어넘을 수 있는 도둑놈의지팡이.

제 의지와 상관없이 도둑놈의 지팡이로 이름났으니 눈치 보느라 갈지자걸음이나 걷지 말고 무사히 달아나길.

머물고 싶은 풍경

해 질 무렵, 길을 잃었다. 버스로 몇 정거장을 지나서야 뭔가 잘못됐다는 것이 느껴졌다. 지도를 보니 숙소가 점점 멀어지고 있었다. 며칠 동안 로마 시내를 들락거렸으니 그새 이력이 붙어 자신 있게 버스를 탔는데, 도로를 건너서 타버린 것이 화근이었다. 어차피 이 75번 노선에 숙소가 속해 있는 동네가 있으니 계속 가다 보면 된다고 생각했다.

한참을 달리던 버스가 언덕길을 오르기 시작했다. 사람들은 점점 줄어들어 다섯 명도 남지 않았다. 버스는 더 이상 달리지 않았다. 종점이었다. 그대로 있으면 시내로 다시 돌아갈까, 숙소 동네를 지나가기는 할까, 차비는 어떻게 계산해야 하는지, 머리는 어설프게 구르는데 발걸음은 당당하게 사람들을 따라 내렸다.

거기에 인연이 기다리고 있을 줄이야. 비단 사람과 사람과의 관계만이 아닌 물건이나 동물과도 인연이 있다는 것은 아는데, 어떤 장소와도 그리 인연이 될 수 있다는 것을 생각해본 적은 없었다.

불교에서는 억겁 전에 스쳤던 옷깃 하나가 줄이 되어 이 세상에서 다시 만나는 것을 인연이라고 한다. 기독교에서는 만남에 우연이란 없다고 한다. 모든 것이 하나님의 섭리 안에 들어 있는데, 그렇다면 나는 어떻게 이 낯선 로마의 75번 종점에 이르렀을까. 삭막한 내 마음을 적셔줄 뭔가가 필요했던 모양이다. 첫눈에 반해버린 사람을 만난 것처럼 75번 버스 종점에서 기다리고 있는 멀구슬나무 숲을 보자마자 가슴이 두근거렸다.

온통 초록으로 하늘을 가린 멀구슬나무. 열매들이 구슬 부딪치는 소리를 내며 떨어지고 있었다. 억수비 쏟아지는 소리였다. 소낙비도 장대비도 아닌 멀구슬비. 돌멩이로 포장된 도로 위에 둥근 초록 빗방울들이 하염없이 튀었다. 바짓가랑이가 초록으로 물들고 마침내 온몸도 초록 물에 잠길 것 같았다. 포도(鋪道)에 튕겨 오르는 멀구슬비가 종점 언덕에서 아래로 흘러내리기 시작했다. 아랫동네와 연결된 높은 계단 밑에서부터 갈색 머리통들이 남실남실 언덕 위로 올라오는 것이 보였다. 멀구슬 나뭇가지 사이사이로 타고 내려오는 석양이 포도를 더욱 번들거리게 했다. 이 풍경과 나는 오랜 시간을 기다렸다가 먼 거리를 한 걸음 한 걸음 다가와 운명적으로 만나게 된 인연이라 생각되었다. 버스를 잘못 탄 당위성이 확립되는 순간이었다.

멀구슬나무, 실은 내게 특별한 첫인상을 준 나무다. 수년 전, 매서운 강추위가 물러간 어느 겨울날 들꽃정원에 들렀다가 그 이름과 눈이 마주쳤다. 구슬은 구슬인데 힘이 센 쇠구슬이나 투명 유리구슬이 아닌 '멀구슬'이라는 이름이 너무나 매력적이었다. '멀'이란 말의 어감이 국물로 치면 진하지 않은 묽은 국물 같고 눈동자로 치면 약간 생기를 잃은 듯한 눈빛이랄까. 그런데 이런 다부지지 못하고 희멀건 느낌보다 내게는 맑고 순박한 어감으로 다가왔다. 손바닥에 올려놓고 까불리면 아무도 모르게 소원을 들어줄 것 같은 구슬, 멀구슬이었다.

봄이 와도 쉬이 잠에서 깨어나지 않는 팽나무나 대추나무처럼 멀구슬나무도 늦잠꾸러기였다. 진한 향기를 내뿜는다는 그의 보랏빛 꽃이 보고 싶었으나 꽃이 핀 동안 나도 생활의 전선에서 향기를 뿜느라 얼마나 허둥거렸는지 모른다. 아직 한 번도 멀구슬 꽃향기를 만난 적이 없다. 작은 타원형의 열매는 탈취제로, 뿌리는 구충제로 쓰인다니 벌레를 죽이는 독한 나무가 아닐까 생각했다. 혀로만 그 예쁜 이름인 멀구슬을 굴려보며 내 안에서 억겁의 시간이 지나가고 있었던 것 같다.

만날 사람은 만나게 되어 있는 것처럼 만날 풍경도 만나게 되어 있는 것일까. 길을 잃어 만난 풍경이기에 더욱 애틋한지도 몰랐다. 여행에 눈을 트고 길을 텄으니 다음에 다시 로마에 온다면 조금 쉽게 75번 종점에 올 수는 있겠다. 그렇지만 어떻게 이 멀구슬 씨를 다시 만난다고 장담할 수 있을까. 멀구슬비가 퍼붓는 저녁, 나는 잃어버린 길을 찾아 헤매면서도 온 마음이 그에 팔려 다른 생각을 할 수 없었다. 한 치 알 수 없는 앞으로의 시간은 고사하고 지금, 조금만 더, 머물고 싶었다. 가슴으로 하염없이 풍경을 그러안으면서 그러나 발걸음은 더듬더듬 숙소로 돌아가는 버스에 올라야 했다.

"그리워하는데도 한 번 만나고는 못 만나게 되기도 하고, 일생을 못 잊으면서도 아니 만나고 살기도 한다." 피천득 선생님은 그리운 아사코를 세 번째는 아니 만났어야 좋았을 것이라고 하셨다.

나는 어쩌면 한 번 만나고 못 만나게 될 것 같은 이 벅찬 풍경과의 인연을 생각하다 울컥했다. 언덕길 내려가는 버스에서 창을 두드리는 멀구슬의 짙은 초록 눈망울에 그만 내 눈시울이 붉어졌다.

세상 밖의 꽃

'너뿐이야!'라는 꽃말을 지닌 꽃이 있다. 일명 유추프라카치아. 아프리카 정글에 산다는, 그렇지만 그 꽃은 세상에 존재하지 않는 전설의 꽃이라고 알려져 있다. 어느 소설 속에 나온 허구의 꽃이라는 말도 있다. 정글에 살지만 본 사람이 한 명도 없다는 미지의 꽃, 너뿐이야!

정말 너뿐임을 행동으로 보인다. 밀림 속 여린 생명체를 위협하는 맹수 같은 것들이 슬쩍 건드리기만 해도 목숨을 놓아버린다고 한다. 결벽증 심한 유추프라카치아의 까탈이란 한마디로 밥맛인데, 어느 식물학자의 보고에서는 결벽증이 아니라 애정결핍의 꽃이라고 한다. 난봉꾼처럼 재미

삼아 한번 쓰다듬고 사라진 무뢰한이라도 다시 돌아와 애정 담긴 손길로 지속적으로 만져주면 살아난다는 너뿐이야!

꽃이 사람의 영혼을 지녔다니. 말이나 될까. 하지만 정말 영혼을 지녔다는 생각이 들지 않을 수 없다. 영혼을 지닌 자만이 진실하고 지속적인 사랑을 하는 법. 이 세상 꽃들이 영혼을 지녔다면 그냥 한번 웃어주고 지나가는 벌 나비의 헤픈 사랑을 견딜 수 없었으리라. 아무리 아름답고 향기가 나도 영혼이 없다는 것은 얼마나 다행인가. 영혼이 없기에 살 수 있는 꽃, 세상의 꽃들!

맹수가 우글거리는 도시정글에 사는 사람들. 애정이 절실한 유추프라카치아 같은 사람은 도저히 살아갈 수 없는 이곳에서 여전히 생존해 있는 너뿐이야들이 있다. 어딘가에 있을 진실한 사랑을 믿기에 견딘다. 누군가 장난삼아 건드리지만 않아도 그나마 생명을 유지할 수 있는 꽃들도 있다. "오직 너뿐이야!"라고 말할 줄 알며 들을 줄 아는 꽃, 영혼의 꽃이 존재하기에 희망은 있다.

결벽증이나 애정결핍이나 같은 말, 질투나 사랑도 같은

말이 아니라고 단정 지을 수 있을까. 인간이 지닌 영혼만큼 가볍고 무거운 것이 없고, 순간적이고 영원한 것도 없음을, 참 피곤하고도 고귀한, 그래서 '너뿐이야!'를 부르며 살기란 쉽지 않다. 함부로 다루어서는 결코 '너뿐'이 될 수 없으리라.

세상에 있는, 그러면서 세상 밖에 존재하는 꽃, 너뿐이야!

무릎의 힘

밤새 감꽃이 떨어졌다. 엄지손톱만 한 배꼽들, 천연스레 낙화했다. 푸른 바람, 맑은 햇살만을 골라 먹고 꽃받침 위에 몽우리를 맺어놓았다.

온몸이 욱신거렸다. 꽃 진 자리마다 이미 푸른 젖몽울이 부풀기 시작했다. 까치가 수시로 와서 살피고 직박구리도 눈독 들였다. 새들의 입질로 봉긋해진 가슴들, 여물기도 전에 떨어진 풋것들이 항아리 속 소금물에 쟁여졌다. 세상을 그리 함부로 얕잡아보고 뛰어내리면 안 된다는 것을 풋감들은 몸으로 알았을까. 캄캄한 소금물 속에 들앉아 떫은맛을 삭여낸 풋감들이 서늘한 단맛을 물고 나왔다. 한입 베어

물린 자국에서 어린것들의 고진감래가 그대로 전해져왔다.

감나무에 감이 익어가고 여름도 저물어가는 즈음이면 홍시가 달렸다. 성미 급한 것들은 중력을 이기지 못했다. 땅바닥에 파열음을 내지르며 저를 내동댕이치고 말았다. 소금물에 들어간 풋것들보다 못했다. 이왕 견뎌온 시간이었는데 조금만 더 힘을 냈더라면 제맛을 지닐 수 있었을 텐데. 아직 깊은 맛이 들지 못한 홍시들에서 진물이 흘렀다. 내버려두면 개미 떼 파리 떼에 앗기며 시큼한 죽음의 냄새를 뿜었다.

상강 무렵이면 감을 땄다. 새부리 모양의 간짓대가 가지를 겨누었다. 감나무 가지가 무르다고 쉽게 꺾이는 것은 아니다. 세상 그 어느 나무가 제 여문 열매를 쉽게 내어줄 수 있을까. 감나무를 얕잡아보고 함부로 기어오르는 사람들을 떨어뜨리는 데에 썼던 그 무름의 힘으로 지켜온 감들이다. 생명을 눈여겨보시는 신의 가호는 저마다 다르게 나타난다는 것을 무른 감나무를 통해서도 알 수 있다.

감을 따려고 나무 위를 살필 때 젖힌 목이 아프다. 간짓대가 가지 사이로 조심스레 파고들었고 곁에서 또 한 사람은 두 손을 공손하게 모아 하늘로 벌렸다. 일단 간짓대의 부리가 감이 달린 가지에 닿으면 살살 달래듯 하다가 단단히 물어서 비틀었다. 이파리와 함께 내려오는 감들, 가을이 채곡채곡 쌓였다. 최상급은 곶감거리로 돌려놓고 나머지는 장독에 들였다. 감나무를 위해 특별히 한 게 없어도 누구에게나 공양거리가 되어주었던 홍시들이었다.

늦가을이다. 청도(淸道) 가는 길, 감나무 가로수 아래에 감잎들이 겹겹이 포개어져 있다. 떨어졌던 배꼽의 연노랑빛과 소금물 속으로 가라앉은 풋감의 녹빛과 홍시의 붉은빛이 한데 어울린 등황색 낙엽이 타오른다. 뭉그적거리지 않고 떠나가는 깊은 가을.

이파리 하나 없이 감들만 주렁주렁한 감나무들이다. 맑은 하늘 광주리 속 나뭇가지 채반에 얹혀 속에서부터 조그라져가는 감들. 새들이 날아와 먼 하늘로 늦은 가을을 물어간다.

할머니의 살얼음 낀 정지, 주름 커튼이 드리워진 마법 시렁 위에는 쭈글쭈글하고 꾸덕꾸덕하고 달고 말랑하고 찐득한 곶감이 숨어 있었다. 나는 겨우내 할머니의 구들방에서 할머니의 사랑을 곶감과 함께 먹으며 보냈다. 할머니는 더 이상 곁에 계시지 않지만 감나무는 그대로다.

이제 할머니보다 나이가 많아진 감나무. 여전히 아침이면 밤새 떨어진 하얀 배꼽들이 환하게 웃고 태연하게 감들은 자라고 익고 어김없이 간짓대가 나무 위로 올라가고. 할머니의 손등처럼 한없이 쭈그러졌지만 무릎한 힘으로도 꼿꼿할 수 있는 감나무다. 아껴놓은 곶감을 건네시며 "제야!" 부르시던, 보고 싶은 할머니의 목소리도 감나무 위에 걸려 있다.

올해는 베란다 처마에 감을 달아보련다. 먹성 좋은 까치 한 녀석, 제 밥을 다 먹고도 베란다 감밭을 탐하려나.

모퉁이의 향기

골목을 지나다 멈칫, 제자리걸음이다. 어딘가에서 향기가 난다. 살구 향 같기도 하고 어린 날 고모의 분 냄새 같기도 한데 골목 어딘가에 숨어 있다. 코를 벌름거리며 더듬어가다 어느 집 대문 앞에 이른다. 열린 대문 안으로 화단이 보인다. 그곳에 명자나무는 이미 꽃이 졌고, 이제 물들기 시작하는 남천과 쥐똥 같은 열매를 단 쥐똥나무만 덥수룩하다. 이들의 향기가 아니다. 담벼락 밑에 심겨진 한줌의 오죽(烏竹)이야 거들떠볼 이유도 없다.

향기의 정체를 찾지 못하고 코를 벌름거리며 골목 끝 모퉁이까지 온다. 모퉁이를 꺾어 도는데 왜소하지도 우람하지도 않은, 황금빛 찬란한 나무 한 그루를 만난다. '금목서'다. 짙고 불그레한 향기로 골목을 만취시킨, 볼품없는 골목을 황홀하게 만든 향기의 주자.

사랑이 꼭 한번은 모퉁이를 거치곤 하는가. 모퉁이에서 손을 잡고 포옹을 하다 갑자기 나타난 행인의 헛기침에 놀라 슬그머니 꼬리를 감추는 연인을 보았다. 그렇게 한 번쯤은 누구나 애정을 표현했을 것 같은 장소가 모퉁이다. 가을날 제 할 일을 다 마친 낙엽들도 모퉁이로 꾸역꾸역 모여들어 결속을 한다. 그 속에 햇살도 모으고 바람도 불러들여 마지막 연민을 불사른다.

큰길도 아니고 골목 중간도 아닌 모퉁이에 어울리는 풍경이다. 영역이 표시된 듯 한 번 왔던 사람이 또 오고, 다시 오지 못해도 그 모퉁이의 애상을 잊지 못한다. 보잘것없는 모퉁이에 선 금목서의 향기처럼. 소리도 없고 맛도 없고 눈으로 볼 수도 없는 그것, 향기는 후미진 곳일수록 더욱 궁금증을 불러일으키며 주의를 끌어당긴다.

있는 듯 없는 듯한 사랑은 있으나마나. 그 애정이 은은하게 오래오래 간다는 보장이 어디 있나. 오감을 다 부리는 사랑이지만 특별히 후각과 닮은꼴 같다. 후각은 오감 중 가장 쉽게 중독되고 무디어지지만 가장 오래 기억에 남는 것이라니, 오래된 사랑 하나가 설령 밀폐되어 있다 하더라도 바늘만 한 구멍 하나 찌르면 금목서 같은 향기처럼 진동하고 말 것을.

향기를 가졌으되 애써 지워버리려는 사람들이 웬 말인가. 무색무향을 일찍이 자처해버린 청년들, 아예 결혼을 꿈꾸지 않고 결혼을 했어도 아이를 낳지 않는 젊은이들의 세태에서 그들만이 낼 수 있는 아름다운 향기가 사라지는 것 같다. 남에게 관심을 갖기도 받기도 귀찮아하는 이들, 인권이라는 이름하에 본디 지닌 향기마저 놓아버리는 이들을 향한 애석함은 쓸데없는 참견이며 기우일까.

변두리면 어떻고 구석진 곳이면 또 어떤가. 금빛 향기로 온 골목을 물들이는 금목서는 그 자체로 축복이 된 나무다. 금목서에 만취되어 나의 오래된 골목 모퉁이의 애틋한 기억 하나가 풀려나온다. 그는 지금 어느 모퉁이에 깃들어 향기를 발하고 있을까.

이팝꽃 피어

봄꽃들은 관종이다. 나무의 외피 한 겹으로 겨울을 이겨내고 최고 면역력을 지닌 화신처럼 출현한다. 매화부터 시작됐던가. 산수유, 개나리, 진달래, 목련, 벚꽃의 향연에 겨우내 움츠렸던 마음이 화사해지는데, 찰나적이다. 잎도 없는 독존의 아름다움인 양 얼굴만 내비치다 지상에 엎드려 풍장되는 봄꽃들.

이즈음 잎들이 쏙쏙 도착하고 있다. 하나의 뿌리에 속했으나 꽃을 보지 못한 잎들이다. 나무를 살리려 열매를 지키고 그늘을 드리우다 어느 날 세상과 처연한 결별을 이루는 수 겹의 겉옷 같다.

봄의 늦깎이 이팝나무는 잎을 먼저 틔워오다가 그제야 하얀 꽃밥을 끓이기 시작한다. 공원과 골목골목, 대로변에서도 고봉밥을 지어간다. 일치감치 꽃 지고 잎만 무성해져 가는 나무들은 이팝나무가 부럽다. 잎과 꽃을 함께 지니되 초록 잎과 흰 꽃의 조화가 이토록 극치를 이루는 나무가 흔하지는 않은 것 같다. 곧 여름 산을 덮는 아까시나무와 밤나무도 꽃과 잎을 함께 달고 있지만 도드라진 향내 탓인지 이팝만큼 매혹적이지 않다. 이팝나무 숲길은 즐비한 수채화 속에 깃든 한 폭 유화같이 몽환적이면서도 중후하다. 스무남은 날가량을 꽃과 잎으로 함께 지어진 푸짐한 고봉밥이 거리거리를 먹일 때 '영원한 사랑'이라는 꽃말이 가슴을 벅차오르게 한다.

작년 초가을이었다. 아파트 화단에 꽃무릇 한 송이가 피었다. 꽃받침 위에 불 붙은 심지들이 모여 애련(哀戀)의 노래를 부르고 있었다. 꽃이 지면 잎이 돋는, 꽃과 잎이 만날 수 없는 운명. 꽃은 잎을 생각하다 재가 되고 잎은 꽃을 그리워하다 시들고 마는, 열매는 생각지도 못하는 꽃무릇이다. '이룰 수 없는 사랑'이 애잔하다. 군락의 불바다가 되어도 무릇 서늘한 수런거림 같다. 잎과 꽃이 공존과 연합을 모르는, 그래서 그리움이라는 깊은 병이 숙명이 돼버린 꽃무릇.

시간과 시간이 어긋나는 꽃. 생각과 행동의 불일치 같은, 한 몸인데 다른 개체로 아득해져버린 끝없는 상사병 한 송이가 화단에서 지고나자 잎 두엇이 슬픈 발처럼 내밀었다. 허허탄식 이룰 수 없는 사랑을 감출 수가 없는 듯.

잎과 꽃의 공존의 시간이 흔하지만은 않은 나무의 세상에서 올해도 이팝나무 길을 나선다. 흰 꽃과 초록 잎이 결합이 아닌 절묘한 조화로 고봉밥을 지어 허기진 사랑의 배를 불린다. 꽃 따로 잎 따로가 아닌 '우리'라는 영원한 사랑의 빛깔이 경이롭다.

제3부

그런 섬 하나

커다란 돌멩이들이 발 씻는 소리가 찰박찰박 들려온다.

모래톱에 발자국들이 깊다.

우리는 흘림체로 방명록을 쓰듯 어지러이 발자국을 찍으며 걷는다.

강의 끝이다.

아껴둔 섬

제주도에 한 번도 가보지 못했다고 하면 사람들은 깜짝 놀란다.

"진짜예요?"

"진짜라니까요!"

설마, 하는 눈빛을 보이다가 그것이 믿어지면 나를 측은히 바라본다. 거기에다 글 쓰는 사람이라면 한 번도 가보지 않았다는 게 말이 되냐고 또 캐묻는다.

제주도에 가보지 못한 것이 처음에는 아무렇지도 않았다. 그러다 언젠가부터 남들 다 하는 일을 혼자 해보지 못한 것에 부끄럼이 일기 시작했다. 괜히 마음을 감추게 되었고, 사람들이 그 섬 이야기를 꺼내면 슬그머니 자리를 뜨고 싶어졌다. 남들이 다 접한 것을 나만 접하지 못한 이방인 같았다.

다녀올 기회가 없었던 것 아니었다. 여러 번 함께 가자는 권유도 받았지만 언젠가부터 쉽게 따라나서고 싶지 않아졌다. 진흙 속의 조개, 조개 속의 진주를 어찌 사람들과 어울려 장난처럼 캐리. 갯벌을 쑤셔대며 찾으면 찾고 못 찾으면 그만인 식의 섬이 아니다.

곳간을 제 맘대로 드나드는 쥐처럼 제주도의 보따리를 풀어놓는 사람들 앞에 나는 이제 오기인지 시기인지 나만의 섬으로 남겨두고 싶었다. 알 만한 사람이면 다 아는, 누구에게나 알려진 섬을 늘 마음에 넣어두고 이제나 저제나 만날 날을 기다렸다. 제주도는 내게 평범한 사람들의 평범한 섬이 아니라 미지의 섬, 꿈의 섬이 되어갔다.

여전히 사람들은 아무렇지도 않게 다녀올 계획을 세우고 실제 아무렇지도 않게 떠났다가 아무렇지도 않게 돌아왔다.

이번 가을에도 제주 여행이 계획되어 있었다. 한 모임에서 2박 3일간의 일정이었다. 이번에는 가지 않을 수 없는 일이었다. 날짜가 다가오고 제주행 티케팅도 다 이루어졌다.

그토록 흠모하며 아껴두었던 섬, 한 번도 가보지 못한 섬, 그곳에서 살아버릴까 생각했던, 내 삶이 가장 행복할 때나 혹은 가장 슬퍼졌을 때 안식처처럼 도피처처럼 남겨두었던 제주도는 이제 그만 세상 속으로 가라앉아버리는 것인가.

잠이 오지 않았다. 결코 나 자신에게조차 함부로 열어젖히고 싶지 않았던 섬으로 나는 쉽게 나서고 싶지 않았다. 그저 웃으면서 즐기다 올 수 있는 섬이 아니었다. 가볍게 거닐며 놀다 올 만큼 무모하게 다녀오고 싶지 않은, 아직은 봉인해두고 싶은 섬.

떠나기 이틀 전, 공지가 떴다. 코로나 19로 좀 더 두고 봐야겠다며 여행이 취소되었다고 한다. 자칫 다녀올 뻔했던 섬, 꿈으로 다시 빠져들게 하는 섬. 어쩌면 한 번도 가보지 못할 섬, 닿을 수 없는 섬 하나를 평생 내 안에 띄운 채 살아갈지도 모르는. 그렇더라도, 설령 그렇다 하더라도 늘 내 안에 살아 있는 섬, 나의 미지의 섬으로 더불어 살고 싶은 그런 섬 하나 내 가까이에 있지.

강 끝에서

오토마센 마을에 저녁이 온다. 오렌지빛 지붕 위로 잿빛 굴뚝 속으로도 석양이 기어들고 주먹만 한 수국들이 울타리 안으로 고개를 숙인다.

여행을 온 지 어느덧 한 달이다. 아무 일을 하지 않았다는 불안감을 떼려고 길을 나선다. 하필 청색 남방을 펄럭이며 훌쭉한 배낭을 메고 달려가는 한 사람이 보인다. 혹시, 내 안의 좀머 씨인가. 딱 필요한 만큼의 버터 발린 빵과 행여라도 내릴지 모를 소나기 대비용 우비 한 벌이면 족했던 그는 아직도 무엇이 그리 불안하여 저리 급히 뛰고 있을까. 2차 대전 후 독일이 놀라운 경제성장으로 선진국 대열에

우뚝 섰지만 끊임없이 움직여야 살아 있음을 느끼는 전쟁 세대 좀머, 아니 어쩌면 좀머 씨의 후예일지도 모를 저 사람을 따라 딸과 나도 잽싸게 걸어본다.

강이 나타난다. 커다란 돌멩이들이 발 씻는 소리가 찰박찰박 들려온다. 모래톱에 발자국들이 깊다. 우리는 흘림체로 방명록을 쓰듯 어지러이 발자국을 찍으며 걷는다. 강의 끝이다. 북해로 연결되는 강, 함부르크의 엘베강이라나. 바로 눈앞에 무역선들이 떠 있다. 뱃전에 불빛이 들어오기 시작한다. 함부르크가 부는 승리의 휘파람 같다.

무역선들이 깃발을 나부끼며 간다. 저 배에 실린 물건들은 이곳의 힘이며 자랑일 것이다. 저 배를 태우고 북해를 건너가는 엘베강은 지난날의 아픔을 기억한다. 부서진 건물과 떨어져나간 피뢰침과 달아난 지붕, 이 전쟁의 회한을 강물 속에 새겨 세계전쟁과 학살에 대한 반성을, 성찰을 잊지 않으려 한다. 그래서 엘베강은 독일을 세계적인 나라로 돋움시키는 활발한 무역의 강이 되었다.

울산의 태화강도 그렇다. 현대조선과 현대자동차, 그 밖의 많은 중소기업에서 생산된 물건들을 실은 배가 태화강

하류에서 동해로 나간다. 울산의 것이 한국의 것이며, 한국의 것이 세계적인 것으로 오대양 육대주를 향해 간다. 우리나라 경제의 허브가 되는 울산의 자부심이 살아 있는 강. 깊고 잔잔해 보이는 외견과 달리 한없이 도도하다고 불리어도 좋을 강.

강도 제각각 오고가는 배와 발길에 의해 저마다의 분위기가 다르다. 무역선을 실어 바다같이 웅장해 보이는 엘베강이 있는가 하면, 공업과 생태가 함께 공존하는 태화강도 있고, 흐르면서 자연을 살리는 데 힘을 다하는 샛강들도 많다.

딸이 울산에 함께 있을 때는 서로 바빴다. 그래서 둘이 같이 강에 나가본 적이 없다. 항상 따로따로 강을 좋아했다. 딸이 귀국할 때면 나와 같이 바라본 이국의 강을 마음에 품어 올 것이다. 멈춤이 없는 강, 생명을 낳고 기르는 강, 뿐만 아니라 삶의 방향을 생각하게 하고, 정신을 성숙시키며 순리를 따라 흐르는 사유의 강을 품어 오리라. 그곳에 머무는 시간이 흘러가는 잉여의 세월이 아님을 알게 되리라. 흐른다는 것은 살아 있다는 것이며 살아 있다는 것은 변화를 가져온다. 그러기에 그저 시냇물 같았던 딸이 이제 강이 되어 바다로 열방으로 나아가리라 꿈꾸어본다.

우리 모녀는 아무런 말을 하지 않아도 열 길 물속처럼 서로를 훤히 알고 있다. 그 깊은 물길을 일부러 헤집어보지 않는다. 잠잠히 제 길을 낸 강처럼 서로 모른 척해줄 때가 많다. 사사건건 말하지 않으면 속속들이 알 수 없는 연인 관계가 아니라, 사사건건 말할 수 없어도 속속들이 알게 되는 모녀로서 저마다의 강이며 불가분의 강이다.

엘베강을 보고 온 지 일 년이다. 나는 다시 뛰어다녀야만 살아 있다고 느끼는 좀머 씨처럼 뛰지 않을 수 없었고, 그동안 딸은 아이를 가져 해산을 앞두었다. 아이가 첫 울음을 터뜨리는 순간 말할 수 없는 고귀한 생명이 저에게 오게 된 것에 감탄할 것이다. 태의 강에서 생명이 어떻게 만들어졌는지, 오장육부를 비롯한 모든 신체가 어떻게 형성되었는지, 그 생명을 주신 이의 기묘함에 다시 한번 놀랄 것이다. 출산의 기쁨으로 수고와 고통은 머지않아 잊고, 딸은 또 하나의 강을 뻗어 흐르게 하는 모태의 강으로 유장하게 흐를 것이다.

그날 저녁 깃발을 날리는 은빛 배들을 싣고 흘러가던 엘베강이 눈앞에 선하다. 북해를 지나 대서양을 넘어 태평양으로 오면 좋겠다. 이곳 태화강에서 뜬 배가 동해 지나 태평양 넘어 대서양으로 마중 가면 좋겠다. 세계지도를 펼쳐 놓고 한국 땅 동쪽 끝에서 독일 땅 북쪽 끝으로 물결선을 그으며 달려간다.

품

빈집 안방에 주검들이 흩어져 있다. 세상을 날아다니다 선택한 안식처, 하필 이 빈집에서 일생을 마감한 날벌레 떼. '고단한 비행이었던 날들이여, 안녕! 영원을 향해 다시 날아라!' 창문을 열고 풍장을 시킨다. 빈집에 도착하자마자 치른 낯선 장례다.

이 집에 처음 왔을 때 보았던 앉은뱅이 싱크대가 그대로다. 싱크대 앞에 키 작은 나무의자가 놓여 있다. 주인의 노모는 아들이 특별 제작한 이 맞춤의자에 앉아 부엌일을 했다. 부엌 곳곳에 주인의 갸륵함이 배어 있다. 손수 바른 황토 천장이며 잘 못질된 걸이며 층층을 이룬 선반에서 주인의 자상함이 보인다. 서울에 식구들을 두고 시골집에서 노모를 공양했던 주인은 다시 서울로 가고 없다.

풀이 웃자란 마당. 풀부터 뽑기로 한다. 억세고 질긴 것들을 움켜쥐고 난투극을 벌이다 헛간에서 낫과 호미를 찾아낸다. 숫돌에 올려 버려진 세월만큼 슬어 있는 낫의 녹을 갈아낸다. 금방 날이 벼려지며 살아난다. 풀뿌리를 들추자 개미들은 날벼락 맞은 듯 갈팡질팡하고 갓 뿌리 내린 접시꽃도 새하얗게 질린 표정이다. 아무렴, 내가 무슨 강도도 아니고 좋은 뜻으로 일을 시작한 것 아닌가. 시들어가는 토끼풀도 다칠까 봐 조심스럽다. 감나무 둥치를 감아 오른 장미 덩굴에서 붉은 향기가 맨발로 뛰어내린다.

고양이들이 마당을 제 집인 양 드나들고 까치도 내려와 앉는다. 물통에 물을 받아 마당 복판에 둔다. 지나가다 들른 집인지 원래 제 집인지 모르겠지만 나와 한 가족이 된 것 같아 눈을 맞추어본다. 서로 할 말이 많은 듯. 배고프면 먹고 쉬라고 삶은 달걀도 까서 놓아둔다. 주인이 있었으면 이보다 더한 대접을 받았을 테다.

건넛집 담장 밖으로 고개 내민 순백의 접시꽃이 차곡차

곡 쟁여놓은 접시를 보여준다. 사랑하는 님을 위해 사용할 접시이지만 좀 빌려줄 수도 있다며 나를 내려다본다. 낯선 이에게 뭘 믿고 저리 마음을 던지는 것일까. 담장 위에 앉은 기와 조각들도 접시꽃의 목을 떠받치며 같이 미소를 짓는다. 이웃이 빈집을 지키고 있은 듯하다.

막상 집을 떠나보니 갈 데도 머물 데도 없었다. 기억의 화살표 하나가 가리킨 곳을 따라 왔더니 후포 바닷가 이 집이다. 대문이 없는 집, 열쇠도 없는 집. 몇 년 전 몇몇 문인들이 모여 밤 새워 문학을 이야기하다가 하룻밤 사이에 식구가 되었던 집이다. 주인이 동네에 뿌려놓은 인심은 가지가 휘어지도록 열매가 주렁주렁하다. 낯선 사람이 머무르겠다고 찾아왔는데 오가며 들여다보고 먹거리까지 챙겨다준다. 집 주인에 대한 칭찬도 늘어놓는다. 나 말고도 가끔 다른 지인들이 머물다 가는 모양이다. 그때마다 주인은 서울에서 빈집에 들른 이의 안부를 챙기는데 동네 사람을 보내 필요한 것을 더해주기도 한단다. 입이 떨어지지 않았지만 "집 좀 써도 될까요?"라는 말에 "그럼요, 얼마든지요." 두말 않고 승낙을 했던 주인. 잠가놓은 수도 계량기만 풀면 다른 것은 별 불편함이 없을 거라며, 이것저것 마음껏 사용하라는 말도 잊지 않았다. 막상 머뭇거린 쪽은 나다. 주인 없는 집에 들어 마음이 편할까 싶었지만 너무 많은 쓸데없는 것을 구겨 넣고 살아온 나를 털어낼 곳이 필요했다. 단 며칠만이라도 내 안에 아무것도 살지 않는 빈집이 되고 싶었다.

동네 마트를 몇 번 들락거리다 보니 바다동네 길이 뻔하다. 내 동네인 양 누비다 항구로 나간다. 배들이 등을 켜고 저녁을 맞는다. 빈 배로 출항하지만 돌아올 땐 만선을 꿈꾸는 배들이다. 뱃전에 새겨진 이름이 제 모습과 아주 닮았다는 생각이 든다. 인생이 이름대로 살아가는 것처럼, 이름이 인생을 만들어가는 것처럼, 집이 주인을 닮아가는 것처럼, 주인이 집을 만들어가는 것처럼. 배들이 제 이름을 걸고 물살을 가르며 나간다. 내 이름으로 된 빈 배 한 척 가지고 바다 한가운데로도 가보고 싶어진다. 그런데 여전히 빈 배로 돌아온다면 어떻게 될까. 순간 나는 정박했던 이 바닷가 빈집에서 마음의 그물을 끌어올려놓고 헤집어보기 시작한다. 살아 펄떡이는 생물보다 오염된 몹쓸 것들이 떨어지지 않으려 그물을 움켜쥐고 있다. 늦은 밤, 날벌레처럼 얼굴을 묻고 오래오래 흐느끼다 잠이 든다.

며칠 머물다 보니 주인의 물건에 손을 대게 된다. 최소한의 것만 사용하려 했는데 앉은뱅이 싱크대를 내 것처럼 닦고 욕실의 세제와 휴지, 물과 불까지 건드리고 만다. 딱 방 한 칸만 사용하리라 먹었던 마음이 온데간데없이 이 빈집을 침범하고 삼킨 날강도로 변한다. 주인은 알고 있을까. 알면서도 던져주는 저 만선의 품.

그동안 살아왔던 자기 집을 누군가에게 통째로 내어줄 수 있는 것은 보통 마음이 아니다. 거리낄 것 없는 사람만이 자기 모습인 집을 내어줄 수 있다. 빈 마음이 되었을 때, 누구 앞에든 당당하게 드러낼 수 있는 투명하고 깨끗한 삶일 때 가능한 일이다.

사람이 거하는 집은 포장할 수 있다. 숨길 것은 숨기고 드러내고 싶은 것은 드러내며 얼마든지 남의 눈을 끌어당길 수 있다. 지금 며칠간 버려져 있는 나의 집에도 누군가 머물고 싶어 한다면 나는 허락할 수 있을까. 당연 망설여진다. 지저분한 서랍장, 구석구석 낀 때와 먼지 속에 들어앉은 나의 삶, 문서 속에 감추어진 내밀한 내가 튀어나와 놀라게 할 것이다.

돌아가야겠다, 집으로. 가서 살아 있었으나 죽어가던 집을 빈집으로 채워야겠다. 주인이 없어도 되는 집, 따뜻한 마음과 내 이름이 걸린 살아 있는 빈집이 되리라. 마음 아픈 이들이 목 놓아 울어도 좋고 눈치 보지 않으며 쉬어 가도 좋은 집, 마지막 숨을 내려놓고 싶어 하는 가벼운 것들쯤은 아무렇지도 않게 받아줄 수 있는 집이 되리라.

주인에게 쓴 쪽지를 툇마루 끝에 돌멩이로 눌러놓다가 그만둔다. 바람에 날려간들 어떠랴. 언제 찾아낼지 알 수 없는 숨바꼭질이나 해볼까. 뒷마당 느티나무 속 둥근 빈집에 쪽지를 숨겨놓는다. '저의 빈집에도 들러주실 날을 기다립니다.'

비키니와 양산

한 언덕을 넘으면 또 언덕이다. 완만한 비탈마다 사람들이 자리를 깔고 눕는다. 깍지 낀 두 손을 머리 위로 올려놓거나 90도로 세운 무릎 위에 책을 펼쳐 읽는 사람들, 젖은 몸을 말리듯 뒤척뒤척하는가 하면 드넓은 푸른 침실에 대자로 뻗어 누운 사람들, 모두 비키니 차림이다.

그곳의 여름은 두부 자르듯 시작된다. 분명 전날까지 날씨가 선선하여 긴 옷을 입었는데 다음 날이 되니 확연한 여름이다. 함부르크시(市)가 지정한 공원 언덕 아래엔 팔레트에 짜놓은 물감처럼 호수들이 펼쳐져 있다. 가릴 데만 가린 사람들이 날치처럼 날아올랐다가 다시 물속으로 사라지는 모습을 보며 눈부터 시원하다. 호수는 내리쬐는 태양과 날치들로 들숨날숨 소리가 첨벙첨벙 울려 퍼진다.

우리는 동물원을 뛰쳐나온 원숭이 가족 같다. 눌러쓴 모자의 챙이 걸어다니는 팔작지붕 같고, 선글라스의 암흑 렌즈와 얇고 긴 소매 옷으로 입만 드러내놓고 다 덮어버린다. 그것도 모자라 양산을 받치고 나무그늘로만 행보하는 이방인 가족.

한쪽엔 비키니, 한쪽엔 양산. 둘 다 여름을 즐기기 위한 용품이다. 비키니가 햇볕을 최대한 받아주기 위한 도구라면 양산은 햇볕을 최대한 가려주는 도구다.

이곳은 지중해성 기후라 봄가을과 겨울엔 흐리고 비가 많다. 대신 여름 기간이 짧고 기온이 높다. 게다가 밤도 아니고 낮도 아닌 백야가 있는 곳이다. 이들은 여름 이맘때 공원이나 동네 잔디밭에서도 비키니 차림으로 일광욕을 한다. 전신을 바짝 드러낸 몸으로 비타민 D를 끌어 모으는 중이다.

우리는 사계절 내내 햇볕 귀한 줄 모른다. 봄가을에 내리는 일조만으로도 일 년치 몸에 필요한 비타민 D를 흡수할 수 있다고 한다. 여름 햇볕은 불청객 같기만 하다. 차창을 선팅하고 한낮을 피해 볼일을 보곤 한다. 텐트, 모자, 양산 같은 여름용품은 어떻게든 여름을 즐겁게 피해보기 위한 도구다.

한 지구에 살면서 여름 햇볕을 누구는 즐기고 누구는 차단하려 한다. 시간과 공간에 따라 누림과 거부로 사용방법을 달리한다. 자연만 그런 것 아니다. 한 공간에 있어도, 똑같은 일을 해도 다르게 이용하거나 달리 반응하는 물건이 있고 사람도 있다. 같은 시간대에서 다른 용도로 쓰이는 비키니와 양산 같다. 공통점을 갖고 있으면서도 차이점이 있고 친밀해 보이나 친밀할 수 없는 관계가 어디서든 있듯. 비키니는 비키니대로 양산은 양산대로 제 역할을 하는 것이다.

우리는 길 가장자리라도 좋으니 나무그늘로 옮겨 앉는다. 그늘 아래 돗자리를 펴고 양산을 쓰고 앉아 언덕과 호수에서 비키니 차림으로 햇볕 삼매경에 빠진 그들과 함께 여름 하루를 보낸다. 그들은 햇볕을 즐기기 위해, 우리는 햇볕을 피하기 위해 한곳에서 함께, 그리고 다르게. 누워서 바라보는 저 코발트빛 하늘과 눈부시도록 새하얀 구름이 참 잘 어울린다.

다크호스

일흔이 넘은 친정엄마를 모시고 식구들과 함께 유럽을 두 주 정도 여행한 후 딸이 살고 있는 독일 함부르크로 돌아왔다. 삼대가 함께한 여행이었다. 다들 여독을 풀기 위해 함부르크에선 여행보다는 휴식을 취하기로 했다. 한나절 넘도록 공원에 여유롭게 앉아 있기도 하고, 장을 봐서 그리운 한국 음식을 해 먹었다. 그런데 처음의 꿀맛 같던 휴식도 잠시, 사흘째가 되자 함께 여행 중이던 일곱 식구 모두 엉덩이가 들썩거리기 시작했다. 딸이 마침 집 근처 경마장에서 경마가 열리니 보러 가자고 했다.

경기가 시작되려면 아직 한 시간이나 남아 있었다. 말들은 각기 옆구리에 번호를 붙이고 연습 중이었다. 다리가 비쩍 마른 말, 갈기가 번지르르한 말, 덩치가 산만 한 말, 흰말, 은빛 말, 검은 말들이 마주(馬主)가 탄 독특한 수레를 끌며 경마장을 돌았다. 경마장에 온 김에 우리는 경마를 보는 기분을 낼 겸 우리끼리도 내기를 했다. 경주에서 꼴등을 한 말을 택한 사람이 함부르크의 가장 맛있는 햄버거 가게에서 점심값을 내기로. 저마다 말들을 신중히 고르기 시작했다. 전광판이나 스피커에 말들의 이력이 언급되고 있었는데 까막눈 까막귀가 된 이곳에서는 제 눈에 보이는 대로 판단하고 결정할 수밖에 없었다.

나는 6번 말을 선택했다. 녀석이 조금 마르긴 했지만 날렵했다. 게다가 다른 말들보다 자주 눈에 띄며 연습하는 것으로 보아 승산이 많아 보였다. 반면 친정엄마가 고른 말은 말랐다기보다 곯았다고 해야 할 정도로 흉했다. 당나귀 같아 보이고 힘도 없어 보였다. 마주는 제 멋진 새끼인 양 경기장에 데려나왔겠지만 누가 봐도 볼품없어 보였다. 이번 경기에서 내 말이 적어도 꼴등은 하지 않을 것이라 확신했다.

그런데 경마 시간이 가까워오는데 내 말은 연습에 매진하지 않고 점점 딴전을 피우기 시작했다. 구경꾼들이 서 있는 울타리 바로 안쪽에 붙어 서서 달리는 것이었다. 몸은 앞을 향했는데 머리는 구경꾼들에게로 향했다. 눈웃음을 치며 구경꾼들과 놀고 싶어 하는 표정이었다. 엄마가 선택한 말이 보나마나 꼴등을 든든히 받치고 있어 크게 걱정은 하지 않았지만 점점 믿음은 희미해져가고 그냥 두고 볼 일이 아닐 정도가 되어버렸다. 하지만 도리가 없었다.

'이럴 수가…….' 이제 6번 말은 머리까지 끄떡끄떡하며 보는 사람들마다 눈을 맞추고 힝힝 울음소리까지 질렀다. 지금 사력을 다해 시합을 준비해야 할 시점에 이 녀석이 정신이 있는지 없는지 계속 한눈을 팔아댔다. 나는 마주가 채찍으로 엉덩이를 한 대 쳐주길 바랐다. 그러나 말이나 주인이나 이미 한 몸이 되어 아무렇지도 않아 보이니 애만 탔다.

아직 경기가 시작되지 않았고 말들의 특성을 충분히 알지도 못하면서 성급하게 번호를 뽑은 것은 뭔가 부당하니 다시 택하는 것이 어떻겠냐고 물었다. 아들이 나섰다. "낙

장불입!" 아들 녀석이 제 엄마에게 왜 이러는지 모르겠다. "이게 고스톱이냐?" 나는 다시 말의 번호를 정하자고 우겼으나 아무도 통하지 않았다. 모두 6번 말도 힘껏 응원해주겠다는 말만 했다.

스피커에서 경주를 시작하는 듯한 노래가 빰빰빰— 울려 퍼졌다. 드디어 실전이 펼쳐졌다. 실전에서 말들은 눈에 가림막을 치고 있었다. 옆도 뒤도 돌아보지 말고 오로지 앞만 보며 달리라고 시야를 좁혀놓은 것이었다. 말들은 미친 듯이 달렸다. 독일 사람들은 이렇게 아슬아슬한 경기를 보면서도 시끄럽게 떠들지 않았다. 건물 속에 앉아 있는 구경꾼들은 창밖으로 망원경을 내밀어 보며 미소를 지었다. 한가하게 맥주를 들이킬 뿐이었다. 반면 한국에서 온, 내기라고 하면 일단 흥부터 돋우고 보는 우리들은 공식적인 판돈도 걸지 않았으면서도 모두 제 말이 이겨야 한다고 언성을 높였다. 우리가 시끄럽게 할수록 독일식 체면을 생각하는 딸의 얼굴이 구겨지는 것을 봤지만, 우선 내 말이 이기고 보는 것이 중요했다. 전광판은 쉴 새 없이 실황을 비추었다.

6번 말도 죽어라 뛰었다. 나는 가슴이 벅찼다. 내 눈에는 그 녀석만 보였다. 어찌나 악착같이 뛰던지 나는 목젖이 뻐근해오고 그만 눈물까지 날 뻔했다. 연습 중에 녀석이 한눈팔던 모습을 깡그리 용서했다. 첫인상이 맞았던 거라며 열띤 응원을 아끼지 않는데, 아니나 다를까 조금씩 조금씩 처지기 시작했다. 제일 꼬랑지에서 쫄랑거리며 달려오던 엄마의 말은 하나씩 하나씩 앞지르기를 하고 있었다. 아니 다른 녀석들이 처지는 바람에 절로 앞서게 된 것처럼 느껴졌다. 나의 말이 연습 중에 한눈만 팔지 않았다면 얼마든지 1등을 할 수 있었을 것 같았다. 아니, 적어도 엄마의 말만은 이길 줄 알았다. 경기는 순식간에 끝이 나고 아, 다행히 나의 녀석이 꼴등은 아니었다. 그런데 우리 식구들이 선택한 말 중에는 꼴등이 되고 말았다.

경기장에서 오직 푯대를 향하여 모두가 달음박질하지만 승리자는 한 명뿐인 것. 거기엔 다크호스가 숨어 있었다. 나이가 제일 많은 친정엄마가 선택한 말, 모양도 풍채도 별로인, 망아지보다 좀 커 보이는 검정 말이 최선두를 차지했던 것이다. 어쨌든 경마장을 나오는 내 발걸음이 씁쓸했다.

꼴등을 한 나만 쪽박을 차게 되었다. 식구들은 햄버거를 거하게 시켰다. 돈을 꺼내려는데 무릎이 아파도 앞서 배낭을 메고, 수많은 계단을 뒤뚱거리며 오르내리고, 궂은일이면 더욱 앞서 즐겁게 하던 엄마의 '말(言)'이 '다크호스'로 내 앞을 가로막았다.

"점씸깝시 얼매고? 옜다."

길 위의 식사

*

호숫가를 지나다 오리 떼를 보았다. 검고 긴 목 끝에 흰 턱받이를 한 캐나다기러기였다. 방금 물에서 올라와 삼삼오오 짝을 지어 잔디밭을 차지했다.

오리들 발밑에 오들오들 떨고 있는 잔디들, 바짝 긴장했다. 그리 쉽게 뽑힐 리 있으랴 싶었는데 수십 마리 오리의 잔디 뜯는 소리가 호숫가를 울렸다. 뜩뜩, 뜨윽뜩, 뜩, 뜩뜩. 오리들의 모가지 절벽 아래로 잔디풀이 무더기로 미끄러져 내리는 참 요란한 식사였다.

소, 양, 염소, 토끼도 저리 걸신 들린 식사는 할 수 없을 것이다. 호미, 낫도 이렇게까지 목숨 걸고 풀을 거두어본 적 있을까. 열심 중 열심, 최선 중 최선의 식사를 하는 오리 떼. 지금까지 본 광경 중 가장 성스럽게 보이는 식사였다. 풀 뜯는 소리만으로도 내 몸속까지 영양분이 들어오는 것 같아 힘이 절로 솟았다. 아마 저 잔디밭을 다 뜯은 후 오리들은 흰 턱을 쓰윽 문지르며 다시 물속으로 들려나 보았다. 한 끼 식사가 거사라는 생각이 들었다.

*

낙엽이 매트리스를 까는 가을날 오후다. 대로변에 잡동사니를 펼쳐놓고 파는 부부가 있다. 가위, 파리채, 테이프, 장갑, 손톱깎기 등, 없는 것 빼고 다 있다. 물건들이 줄을 서서 행인들을 기다리지만 눈길을 끌어당길 만한 물건은 못 된다. 그렇지만 하루도 거르지 않고 전을 펴는 부부 장사치다.

어쩌다 손님이 멈추어 서면 부부는 얼른 달려간다. 손님이 원하는 물건을 공손하게 들어 올리며 침이 마르도록 자랑을 한다. 한 녀석이라도 더 팔고 싶은 마음을 뿌리치고 손님들은 가버릴 때가 많지만 부부는 오전 열 시경에 문을 열어 해가 떨어져야 전을 접는다. 종일 자신들의 난전을 안방처럼 여겨 아랫목처럼 다리를 쭉 펴 있기도 하면서.

다른 날과 달리 물건들에 눈을 준다. 고무장갑, 수세미도 보이고 신발 깔창에도 눈길을 보낸다. 이것저것 집적거리다 주인과 눈이 마주친다. 주인 부부는 살 마음이 없는 내 마음을 아는 듯 쳐다만 보고 있다. 내가 지갑을 뒤적거리자 그제야 몸을 일으킨다. 실은 내 관심사는 주인 부부다. 그들의 식사 장면을 엿본 적이 있는데 지금도 그 광경이 연출되고 있기 때문이다.

추석 지난 지 얼마 되지 않은 날이었다. 부부는 길에 식탁을 차렸다. 둥근 플라스틱 의자가 식탁이 되고 나무의자 두 개도 마주 보게 놓았다. 식탁 위엔 세숫대야만 한 양푼 하나가 놓였다. 고추장에 비벼진 비빔밥이었다. 숟가락 두 개가 양푼 속에 삽처럼 꽂혀 있었다, 마침 손님이 왔기에 얼른 식사를 하지 못했다. 거래는 성사되었다. 효자손 하나 팔고서 좋아하는 아저씨를 아주머니가 어서 오라고 불렀다. 아저씨 배는 남산만 하고 아줌마 엉덩이는 의자 하나로 부족했다. 부부가 함께 시작하는 식사, 숟가락에 푸욱 퍼 올라가는 비빔밥 속에서 고사리, 콩나물 같은 것들이 늘어졌다. 부부는 마주 보며 입을 있는 대로 벌리고 식사를 했다. 한참 늦은 점심, 양푼이 긁는 소리가 대로변의 아코디언 연주처럼 울려 퍼졌다. 1.5리터 물통을 통째로 번갈아 들이키며 식사가 끝나자 설거지는 번갯불에 콩 볶듯 해치웠다.

*

충북 음성 꽃동네 입구 커다란 바위에 새겨진 글귀가 있다. "얻어먹을 수 있는 힘만 있어도 그것은 주님의 큰 은총입니다. 이 세상에서 사랑의 힘보다 더 큰 것은 없습니다." 이 동네에 부임한 오웅진 신부가 깡통을 들고 다리를 절며 성당 앞을 지나가는 최귀동 할아버지를 뒤따라갔다가 알게 된 사연이 있다. 최귀동 할아버지가 움막에 모여 살고 있는 거지들, 장애인들에게 얻어온 밥을 나눠주는 것이었다. 일제 때 강제징용에 끌려갔다가 병자가 돼 돌아왔으나 병들어 버려진 다른 사람들을 위해 30여 년간 밥을 얻어다 먹였다는 것이었다.

*

나는 가끔 서서 밥을 먹거나 집안을 뛰어다니며 먹을 때도 있다. 때우기식으로 밥을 먹을 때도 종종 있지만 그럴 때마다 기도는 조금 더 깊어지는 것 같다. '일용할 양식 주신 주님, 충분히 감사합니다.' 나의 분에 넘치는 상(床)일지도 모른다. 때론 호숫가 잔디밭의 캐나다기러기처럼 사력을 다해, 때론 노점 주인 부부처럼 정답게 아코디언 연주하듯 밥을 먹는데 김귀동 할아버지가 얻어다 준 밥이 나의 식탁에 올라올 때도 있다.

뒷골목을 찍다

더위에 지쳐 쓰러질 뻔한 날이었다. 마침 눈앞에 버거집이 보여 들어갔더니 초만원이었다. 구석구석 뒤져 겨우 얻어낸 자리는 명당이었다. 2층 창가, 로마의 뒷골목이 훤히 내려다보였다. 에그버거 하나에 에어컨 바람을 빵빵하게 들이마시며 남 눈 신경 쓰지 않고 앉아 있기 좋았다. 이국땅에서 누구 하나 아는 사람이 없어 자유의 만끽이었다. 자리가 없어 서서 먹는 사람도 있고, 줄을 서 있는 사람들이 뻔히 눈에 보였지만 일단 내가 더위 먹어 숨이 헉헉거리니 그 무엇도 염두에 두지 않았다. 아예 몸을 창쪽으로 돌려 앉았다.

골목은 낮은 상가들이 즐비했다. 한 집시 부부가 어느 건물 앞 손바닥만 한 그늘 밑에 자릴 잡고 앉는 게 보였다. 이내 도시락을 꺼내 들었다. 보아하니 닭다리도 보이고 샐러드와 과일도 보였다. 그들은 더위 때문인지 도시락을 먹는 둥 마는 둥했다. 그러더니 도시락을 쓰레기봉투에 던져버리고는 골목 끝으로 총총히 사라졌다. 집시 부부가 모습을 감추자 장발 남자가 나타났다. 청바지에 민소매 셔츠 차림, 선글라스에 금목걸이가 번쩍였다. 그런데, 장발 남자가 쓰레기봉투를 뒤지는 것 아닌가. 뒤질 것도 없이 방금 집시 부부가 던진 도시락 두 개가 올라왔다. 장발 남자는 그늘로 가서 도시락을 열었다. 남은 음식이 푸짐했다. 남자는 손으로 닭다리를 뜯었다. 오독오독 뼈 씹는 소리가 들렸다. 남은 과일까지 싹쓸이하고는 물병까지 찾아내어 끄억, 한 모금 들이켰다. 남은 물로는 기름기 묻은 손을 씻고 사라졌다. 영락없는 길고양이 같았다. 날 때부터 야생이었는지 어쩌다 야생 고양이가 되어버렸는지 모를. 모든 생활을 길에서 스스로 해야 하는 고양이.

그 여름의 로마 뒷골목이 떠오르는 오늘밤에도 어김없이

그녀가 왔다. 삐걱대는 낡은 리어카에 의지해 절뚝거리는 다리로 담장 아래 멈춘다. 끄응, 나는 그녀의 신음을 듣고 파지 뭉치를 들고 뛰어나간다.

"할머니, 이거요!"

"아이고, 매번 내까지 챙기고. 고맙데이."

몸이 성한 데가 없어 보이는 그녀, 피붙이 서넛 있다 들었지만 그들도 사느라 제 어미 하나 돌아볼 겨를이 없었을 것이다.

언젠가 그녀의 리어카를 뒤따른 적이 있다. 사람들이 내다버린 쓰레기봉투를 죽 찢고는 고르기 시작하는 것이었다. 종이, 병, 캔, 우유팩을 용케도 찾아내어 분류를 했다. 구겨진 박스와 종이 한 장도 그녀의 손에 들어가면 다림질이 된다. 더러운 우유팩은 씻어 말리고 빈병은 차곡차곡 탑을 쌓는다. 잘 말린 우유팩은 동사무소로 가져가 두루마리 휴지로 바꿔오고 빈병은 따로 넘겨 돈으로 만든다. 종이와 박스도 허투루 버리는 게 없다. 이렇게 애써 모은 것들로 사람 노릇을 한다. 경조사도 챙기고 국수도 산다. 리어카뿐 아니라 마음도 언제나 만선인 그녀. 그 옆에서 나는 숙연해진다.

비가 온다, 저 부슬비가 나의 메마른 마음을 적실 수 있으려나. 괜히 밖을 나서본다. 집으로 돌아가는 발걸음들이 총총한데 길고양이 한 이, 저 골목 끝에서 꼬리를 끌며 어슬렁거리고 있다. 쓰레기봉투를 찢던 고양이가 인기척에 화들짝 놀란다. 나는 고양이가 만찬을 즐길 수 있도록 멀찍이 피해준다.

낮이 사용하다 버려진 밤, 부디 목숨들이 야성으로 잘 버텨주기를. 야옹! 길고양이 울음 한 줄이 어두운 골목을 적신다.

발자크와 함께

독일에 온 김에 베를린은 한 번 들렀다 가야지 싶었다. 함부르크를 떠나기 며칠 전, 우리는 급하게 뜻을 모아 인터넷으로 다음 날 아침 6시 30분발 열차표를 예매했다.

갑자기 계획한 마지막 여정을 기대하며 새벽길을 나섰다. 초행에서 일사불란하게 움직이는 우리 모습이 긴장한 소부대 같았다. 중앙역에 닿았다. 전광판에는 아직 우리가 탈 베를린행 열차의 선로 번호가 뜨지 않았다. 출발 시간은 점점 가까워지는데 우리 뒤차들의 번호가 먼저 떠오르기 시작했다. 속수무책 전광판만 뚫어지게 바라보며 안절부절 못했다. 출발 십여 분 정도를 남겨두고 빨간 불빛만 깜빡거리던 전광판에 안내 글자가 떴다.

'6시 30분발 베를린행 열차 실패!'

우리는 눈이 휘둥그레졌다. 햐아! 입이 벌어졌다. 안내소를 찾아갔다.

"아임 쏘리!"

"아임 쏘리?"

그러고는 정오에 출발하는 다음 열차를 타겠냐고 물어왔다. 왜 열차가 갑자기 출발하지 못하는지 따지고 들 언어 실력도 부족하지만, 따진들 무슨 소용이 있을까. 우리는 모두 고개만 내저으며 허탈에 빠졌다. 꼭두새벽부터 서둘렀던 탓도 있지만 실패한 열차 티켓 환불도 문제였다. 일곱 식구 인적 사항을 모두 독일어로 작성하여 이메일로 보내야 했고, 그 값을 되돌려받는 데 한 달 정도 소요된다는 것이었다.

숙소로 돌아가려다 휴식을 좀 취해야겠다 싶어 카페를 찾아 나섰다. 이른 아침이라 거리가 한산했다. 써늘한 기운에 어깨가 움츠러들었다. 아직 문을 연 가게는 보이지 않고 햇살 드는 길을 골라 걷는 우리 모습이 난민 같아 꼴이 말이 아니었다. 길을 헤매다 눈에 띈 곳이 카페 '발자크 커피'였다. 아직 손님이 없었지만 카페는 커피 향으로 스며드는 중이었다. 바리스타의 손에 들린 주둥이 긴 주전자에서 김이 모락모락 올라오는 것을 보니 긴장이 풀어졌다. 식구들이 한 자리에 모여 앉으려 넓은 2층으로 올라갔다. 따끈한 커피를 탁자 위에 놓고 마치 집인 양 소파에 몸을 묻었다.

발자크는 생전 하루 60잔이 넘는 커피를 마셨다고 한다. 카페인의 힘을 빌려 글을 썼다더니 죽어서도 커피를 잊지 못한 모양인지 프랜차이즈 카페를 남겨 그 영혼은 아직 커피를 마시고 있을 지도 모를 일. 발자크는 보이지 않았지만 왠지 나와 약속이나 된 듯 이리로 달려오고 있을 것 같은 상상을 했다. 질 좋은 커피 하나를 고르기 위해 몇날 며칠 커피 상가를 돌며 신중하게 골랐다는 그가 어쩌면 지금도 최고의 커피를 찾아 헤매고 있을지도 모르겠다고 생각했다. 그와 함께 커피를 마시면서 매일 16시간씩 글을 썼다는 그의 습작 이야기에 나의 습작 이야기를 곁들일 수 있다면 좋겠다 싶었다. 그토록 유명한 『고리오 영감』 이야기도

알고 싶고, 『인간희극』에 나오는 수많은 인물들에 대해서도 직접 듣고 싶었다. 소파에 기댄 식구들이 잠이 들기도 하고 휴대폰을 만지며 놀기도 하는 사이, 나는 발자크를 기다리듯 천천히 커피를 마셨다.

마침 한 신사가 나타났다. 그는 하필이면 옆 테이블에 자리를 잡았다. 단발머리에 못생겼기 그지없는 발자크와는 달리 큰 키에 양복을 차려입은 멋진 신사였다. 혹시 발자크 씨? 그는 커피를 마시며 먼저 신문을 펼쳐 읽기 시작했다. 꼼꼼하게 오래오래 신문을 읽고 나서는 잡지를 꺼내어 훑어갔다. 그가 나에게 눈길을 주면 눈인사를 해야지 싶었다. 그러나 그는 이제 잡지를 덮더니 노트북을 열었다. 타다닥, 타다닥 타이핑 소리가 났다. 나는 말을 붙이고 싶은 마음이 들끓어 미칠 지경이었다. '익스큐즈 미! 이야기 좀 해도 될까요?' 그러나 이곳 언어를 할 줄 몰라 벙어리 냉가슴만 앓았다. 말은 못 해도 그가 타이핑한 글은 대략 알아볼 수 있을 지도 모르는데, 가까이에서 끙끙 애만 태웠다.

세계적인 문호 발자크에겐 죽도록 사랑하는 여인이 있었다. 안타깝게도 그녀는 유부녀였다. 발자크가 그녀를 바라보며 기다린 시간이 무려 18년, 그 긴 시간을 사랑의 열정으로 글을 썼다. 그녀의 남편이 죽어 드디어 결혼을 했지만 5개월 만에 발자크가 죽고 말았다. 그토록 애호하던 커피 카페인에 놀란 심장 탓이라는 이야기도 있지만 생전 빚더미에 앉아 생계를 위해서도 글을 써야 했으니 사랑과 커피와 글이 그에겐 독이자 약이며, 약이자 독이었다.

이른 아침 카페에서 하필 내 옆 테이블에 앉아 글을 쓰고 있는 이 발자크 씨도 지금 고뇌에 찼을까. 그가 써내려가는 글은 어떤 내용일까. 눈과 귀를 떼지 못하고 있는데 한 여자가 들어왔다. 그 여자는 발자크 씨 옆에 다소곳이 앉아 커피만 홀짝였다. 그들은 대화하지 않았지만 오랜 다정함이 느껴졌다. 나는 말 한번 붙여보지 못한 데 대한 애달픔도 있지만 그녀에게 불쑥 질투심을 느꼈다. 문호 발자크의 유난히 짧았던 결혼 기간이 머리에 맴맴 떠오르는데 지금 이 순간 나의 발자크 씨와 여자가 책과 노트북을 주섬주섬 챙겨 일어났다. 어깨를 나란히 하고 웃으며 나무 계단을 타고 내려가는 그들의 뒷모습을 나는 멀뚱히 바라보았다.

여행에서 돌아온 후 한 달쯤 지났다. 잊고 있었던 베를린행 열차표 값이 환불되었다는 소식이 왔다. 휴대폰 갤러리를 열어보았다. 프랑스 로댕미술관에서 찍은, 코가 참 뭉툭하고 펑퍼짐한 단발머리 발자크가 눈을 부릅뜨고 나를 쳐다보았다. '죽도록 사랑하고 죽도록 글을 써라!'

양탕국

그즈음 나는 눈물의 둑이 터져버린 원인도 의미도 몰랐죠. 했던 일이란 하염없이 걷는 것뿐이었어요. 머릿속은 텅 비었고 가슴엔 휑한 바람이 불었죠. 한곳에 붙박여 있기가 힘들었지요. 어디로 가야 할지 무엇을 해야 할지 아무것도 가늠할 수 없었어요. 눈물이 내는 길을 따라 걷기만 했지요.

터진 눈물이 대로를 적실 정도였어요. 당시 나는 사직운동장이 내려다보이는 곳에 살았는데 내 눈물이 운동장을 뒤덮을 정도였죠. 세상은 아득한 물속 같았지요. 그렇게 헤매다 터덜터덜 집으로 돌아오면 한밤이었어요. 잠을 청해도 눈물이 멈추지 않았지요. 잠을 자도 자는 게 아니고 먹어도 먹는 게 아니었지요. 아내가 나 때문에 맘고생이 참 많았지요.

그날도 사직운동장을 돌고 있었어요. 그때 갑자기 정수리를 치는 음성 하나가 번개처럼 떨어졌어요. 세상을 삼킬 듯한 고성이었어요. "양! 탕! 국!" 생전 처음 들어보는 말, 도대체 '양탕국'이 뭔가? 그날로 온통 책을 뒤지고 사전을 찾고 인터넷 검색을 했지요. 양탕국, 이 말은 어디에도 없었어요. 세상에 없는 말이 내 안에 디밀고 들어와 자릴 잡고 이름을 굳혀가는 사이에 어느 한 역사자료집에서 발견했지요. 사막에 떨어진 바늘을 줍는 기분이 이랬을까요? 그걸 들고 오랜 눈물의 나날들을 깁기로 했지요.

H선생은 안경을 벗어 흐린 알을 닦더니 다시 고쳐 쓰고 말을 이었다.

한 시대의 말(末)은 언제나 혼란스럽지요. 조선도 마찬가지였죠. 나라 안팎이 그랬죠. 탐관오리들의 횡포는 백성의 주린 배를 더욱 뒤틀었고, 흥선대원군과 고종은 쇄국이냐 개방이냐를 두고 생각이 갈렸지요. 독일인들이 와서 흥선대원군의 아버지 남연군 묘를 팠고, 프랑스 사람들은 외규장각의 도서와 물품들을 훔쳤으니 어찌 쉽게 서양문물을 오냐오냐 할 수 있었겠어요. 문을 닫고 조선인들끼리 똘똘 뭉쳐 사는 것이 평안이라 여겼을 테지요.

고종은 생각이 달랐지요. 일렁이는 세계화의 물결을 타야만 어떻게든 살아갈 것이라 여겼겠지요. 일본은 강화도에서 자기들 좋은 대로 강제 조약을 썼어요. 조선의 앞바다를 관리해주겠다느니, 치외법권을 인정하라느니 우습지도 않은 헛소리를 했죠. 이때 고종과 왕비는 청나라에 마음을 두었지요. 때문에 왕비는 결국 일본 칼에 죽어 시해당하고 고종은 아관파천할 수밖에 없었겠지요.

고종은 러시아 공사관에서 지내며 모래알 같은 밥을 먹고 후식으로 식혜 대신 커피를 마셨겠지요. 그런데 이 커피가 머리를 팽팽 돌게 하고 정신을 번쩍 들게 했겠지요. 두고 온 조선, 백성들, 아버지 흥선대원군, 죽은 왕비를 커피로 다스리지 않았을까요. 러시아 커피잔을 들고 시름을 달랬지만 조선의 슬픔은 더더욱 또렷해져왔겠지요.

아관파천 후 고종도 어쩌면 문익점처럼 소맷부리에 커피콩을 담아 오지 않았을까요. 그것이 조선 음식문화를 따라 달이고 절이고 우려서 조선의 탕으로 다시 개발되었지요. 나뭇짐 지고 봇짐 진 백성들, 세금을 만들어 올리느라 고혈을 짜내던 백성들은 주막에 들러 마신 이 해괴망측한 검은 탕국으로 마음을 달랬지요. 너도나도 마시려고 기를 쓰고 이를 앙 다물고 일했지요. 검은 빛깔 탕의 붐이 일어났지요. 조선무를 쑴벙쑴벙 썰어 넣은 여느 탕국이 아닌, 서양에서 들여왔다고 '양탕국'이라 이름 했지요. 그것이 어느 방대한 사료집에 한 단어로 들어앉아 있었던 거지요.

이상이 모(某) 신문사에서 커피 탐방을 갔을 때 H선생으로부터 들은 '양탕국'의 기원이다. H선생은 양탕국을 우리나라 대표 음식 중 하나로 자리매김했다. 창조는 모방에서 시작된다. 하나님은 무에서 유를 창조하시고, 사람은 유에서 재창조를 한다. 아관파천 시 마셨던 커피가 '양탕국'으로 거듭난 것이다. '동양탕국'도 아니고 '조선탕국'도 아니고 서양에서 들여온 것을 떳떳하게 인정하고 우리한테 맞는 이름 '양탕국'이라 했으니 완연 우리 것이 되었다. 이것을 찾아내고 우리 옷을 입혀 우리만의 독창적 문화로 만든 H선생이야말로 애국민이다.

H선생이 뿌리내린 차의 시배지 하동은 양탕국의 본거지가 되었다. 외국에서 H선생의 지인들이 유기농으로 키운 커피콩과 하동에서 직접 키운 커피콩을 탕기에 넣고 은근한 불로 달여 양탕국을 만든다. 술이나 물과 누룩, 이스트와 설탕을 이용해 삼투압으로 맛을 내는 절임법도 있고, 물에 넣고 오래오래 맛을 토해내길 기다리는 우림법도 있다. 조선의 기법으로 거듭난 커피가 문화재청의 인정을 받고 세계를 향해 나간다. 코카콜라 회장이 세계 모든 사람들의 몸에 콜라가 흐르게 하라고 말한 것처럼, 세계 모든 사람의 몸속에 양탕국이 흐르길 바래본다. 세계 각 문화 공간 카페를 통해 우리 민족의 사귐과 어울림의 정(情)문화가 뻗어나가길 바라는 것이다.

여느 시대를 막론하고 앞서가는 문화를 가진 나라가 선진국이다. 더욱 품격 있는 문화 창조로 세상을 제패하고자 경쟁한다. 양탕국, 이 이름을 다시 찾기까지 백 년 넘게 걸렸으나, 요즘은 세계화되기 순식간이다. 이미 '양탕국' 프랜차이즈가 세계 속에 자리를 만들어가고 있다는 반가운 소식도 접한다. 우수한 대한(大韓)의 얼이 담긴 차(茶), 양탕국이 들어가는 곳곳마다 선한 문화의 창조가 계속 일어나길 바란다.

제4부

자꾸자꾸 불러보고 싶은

인간은 어떠한 환경 속에서도 최소한으로도 최대한으로도

즐거움을 만들어내는 선수다.

고도의 영장으로서. 참으로 뚱명스럽게도 누린다.

자화상

오랜만에 집에 들렀다. 현관에 들어서기가 무섭게 아버지는 내 손을 잡고 안방으로 끌어당겼다. 어린애마냥 환한 웃음을 지으며 장롱에서 액자 하나를 꺼내 보여주었다. 액자 속 사진은 다름 아닌 아버지의 영정사진이었다.

조금 먼 곳에 시선을 두고 입꼬리가 살짝 올라간 모습이 한참은 젊어 보였다. 깊게 팬 주름은 어디로 갔으며 약간 흐려진 눈빛은 또 어찌 이만큼이나 해맑게 처리하였을까. 아버진 천진한 아이가 처음 사진을 찍었을 때처럼 마냥 자랑을 하였는데, 팔십 년 지나오는 사이 사잇길로 끼어들었을 파란 궤적들은 보이지 않았다. 꼭 그림 같은 사진, 아버지의 영정사진이 아무리 봐도 낯설었다.

화가들의 자화상이 떠올랐다. 렘브란트는 많은 자화상을 그렸기로 유명하다. 그는 젊은 시절 맛보았던 영예와 점점 몰락해가는 삶의 흔적을 오롯이 자화상에 남겼다. 진솔하고 절절한 삶이 밴 자신을 스스로 그려봄으로 더더욱 자아의 내면과 인생을 들여다볼 수 있었다. 그래서 말년에는 비로소 신앙으로 회귀할 수 있었던 모양이다. 멕시코 여류화가 프리다 칼로의 자화상 역시 간과할 수 없다. 그녀는 "혼자 있는 시간이 많았고, 내가 가장 잘 아는 소재가 나였기에 자화상을 많이 그렸다"고 고백했다. 태어날 때부터 장애를 지닌 데다 열여덟에 사고를 당해 만신창이가 된 그녀는 평생 육신의 고통을 지고 살았다. 게다가 남편 리베라 디에고와 여동생의 불륜으로 충격 받은 마음의 고통이 자화상에 고스란히 드러난다. 그녀는 자신의 옷이나 장신구로, 혹은 자연과 동물을 배경 삼아 심중을 표현했는데 언제나 상처로 인한 슬픔이 밴 자화상이었다.

카메라 기법의 하나인지 아니면 포토샵 프로그램의 기술인지는 모르겠지만 실제와 다르게 보이는 아버지의 사진이 영혼 없는 자화상으로 남겨지는 것 같아 싫었다. 세계적인 화가들의 자화상과 범인(凡人)인 아버지의 사진 한 장을 어찌 비교할 수 있을까만 화가들의 깊은 고뇌와 비애가 스민 자화상처럼 사진 속 내 아버지도 분명 아버지가 걸어오신 궤적이 스며 있는 사진으로 남겨지면 좋겠다. 살아온 날들에 대한 회한과 성찰, 그리고 자애가 밴 모습으로 말이다. 지금 아버지는 자신의 영정사진이 젊어 보인다고 자랑하시는 것은 아니다. 미리 준비해놓았다고 알리는 것이라 나는 애꿎은 사진사를 자꾸만 나무란다.

훗날, 그날이 되어 친척들과 지인들이 아버지를 들여다볼 때 그동안 보아왔던 아버지의 모습과 이 영정사진이 그들 뇌리에서 하나가 될 수 있을까. 나는 아버지를 달래듯 하며 다시 사진을 찍길 원했다. 그러나 아버지는 귀찮다며 발뺌을 하셨다.

봄 문턱에 들어서자 평생 한 번도 앓아 누운 적 없는 아버지가 수십 일째 감기를 앓았다. 중이염까지 와서 한쪽 귀

가 상하고 말았다. 염색 한번 하시지 않던 까만 머리칼은 이제 물이 빠져 온통 희끗해졌다. 얼마 전에 해 넣은 틀니 때문인지 발음이 어눌해졌지만 세월을 비껴가지 않는 그 모습에 나는 금방 익숙해졌다. 얼굴에 팬 주름과 휘어가는 등과 허리도 이렇게 가까이에서 지켜볼 수 있다니 감사하다. 육류를 별로 좋아하지 않으셨는데 힘을 얻고 싶어 스스로 곰국을 찾는다니 이런 모습도 변해온 아버지이시다. 사진 속 아버지가 아니라 진짜 내 아버지이시다.

아버지가 마흔 무렵에 지녔던 멋을 잊지 못한다. 그렇다고 세월을 역행할 순 없다. 그때의 미소, 그때의 눈빛이 내 마음에 퇴적되어 있다. 팔십의 인생행로 속에서 쌓인 연륜과 인자함과 부드러움이 가감 없이 담긴 사진이면 좋겠다. 억지로 꾸며낸 젊고 멋지기만 한 아버지는 내 아버지가 아닌 것 같다.

아버지를 많이 닮았다는 나는 어떤가. 시인 서정주의 「자화상」이 절로 떠오른다. "내 아버지는 종이었다"로 시작하는 서정주의 자화상에서 화자는 지나온 세월을 돌아보며 자아를 알아간다. 자신의 삶을 회고하며 자신을 키운 건 팔

할의 바람이었다고 고백한다. 그래도 바람같이 떠돈 삶을 후회하지 않는다. 아침마다 찬란한 햇빛 속에서 그의 이마엔 시의 이슬이 얹혀 있는데 그 이슬 속에는 몇 방울의 피가 섞여 있다고 노래한다. 삶의 고통을 시로 이겨냄으로써 정신적 예술적으로 승화한 모습을 보여주는 서정주의 「자화상」 앞에서 나는 얼마나 문학으로 나를 잘 그려낼 수 있을까하는 생각이 든다.

아버지의 지나간 시절이 담긴 사진첩을 들추어보다가 내 할아버지와 할머니, 아버지와 어머니를 한눈에 볼 수 있었다. 자식이 부모를 쏙 빼다 박아 하나의 상(狀)을 이루어낸 모습들. 지금의 나와 내 아이들뿐 아니라 아직 태어나지 않은 후손들 또한 사진첩 속에서 보는 듯했다. 사람은 유전인자로 자신이 만들어지고 주어진 환경으로 자신을 다듬어간다지. 그 삶이 스스로 혹은 타인에 의해서도 다양한 모습으로 그려진다. 아버지의 멋지기만 한 영정사진이 획일화되고 향기 없는 조화처럼 벽에 걸려 자자손손 바라보게 된다면 어떨까. 가느다란 터럭 한 올 한 올, 깊게 팬 주름살 하나까지도 반추하며 그날을 맞이할 아버지, 자식들에게 서

슴없는 아버지의 모습이면 충분히 좋겠다. 그 속에는 아버지의 딸인 나도 함께 들어 있으니까.

손톱

세상은 참으로 손바닥만 하다. 같은 모임에 회원인 그가 나의 여러 지인들과 이래저래 연결이 되어 있다.

그가 사별 후 금슬이 좋았던 아내를 못내 그리워하는 모습이 애처로웠다. 그를 위로한답시고 놀리기까지 했는데 슬픔과 외로움으로 힘들어하는 줄 몰랐다. 모임에 한참 나오지 않더니 다시 내비친 얼굴이 해 같았다. 이야기 중 그동안 나의 친구 P를 만나고 있다는 것을 알게 되었다. P가 그의 마음을 비추어놓았던 것이다. 그는 P에 대해 더 알고 싶어 하는 표시가 역력했다.

그에겐 묘한 버릇이 하나 있다. 예순 넘은 나이임에도 손톱을 물어뜯는 습관이다. 특히 누군가를 만나고 나면 그 버릇이 단번에 나온다고 한다. 훤칠한 키에 잘생긴 그가 입술 위에 손톱을 얹어놓고 물어뜯는다 생각하니 나도 모르게 웃음이 났다.

P와의 사랑에 대해 떠들어대던 그가 심각한 얼굴이 되었다. 손톱을 물어뜯는다는 사실을 P가 아직 모른다면서. 그러더니 손을 쫙 내밀어 보여주었다. 쥐가 파먹다 남긴 듯했다. 얄궂었다.

손톱 물어뜯기는 습관이기도 하지만 그 심리적 이유가 애정결핍과 불안과 스트레스와 과중한 심적 부담감 때문이라고 들었다. 아이들이 부모로부터 충분한 사랑을 느끼지 못하거나 인정받지 못할 때 나타나는 증상 중 하나다. 어떠한 말에도 귀가 순해진다는 나이, 이순에도 어린아이가 숨어 있다니.

그는 팔남매의 장남이다. 집안의 경제적 몰락으로 어릴 적부터 과중한 책임감을 느끼며 자랐다. 무슨 연유에서인지 어머니로부터 받은 소외감이 컸고 애정결핍으로 연결되었다. 그때부터 손톱 물어뜯기가 시작됐다. 세 살 버릇 여든까지, 어른이 되어서도 습관을 끊지 못했다.

상처를 하고 하루하루 버티고 있을 때 P를 만난 것이 그에겐 산소호흡기 같았나 보다. 그런데 P는 아직도 그에 대해 어떤 생각을 가지고 있는지 말하지 않았다며 의중을 몰라 불안해했다. 만남이 그리 오래되지 않기에 모르는 것이 당연하다고 대답했더니 슬그머니 손톱을 만지작거렸다. 든든한 직장과 재력과 외모를 다 갖추고도 안절부절 못하는 모습이 집으로 돌아와서도 뇌리를 떠나지 않았다.

인간의 손톱은 동물의 것과 다르다. 날카로운 이빨도 없고 힘도 없고 손톱마저 단단하지 못하다. 맹수를 향한 공격의 도구가 아니며 우악스럽게 무언가를 움켜쥐는 용도도 아니다. 물건을 잡을 때 미끄러지지 않게 붙잡을 수 있도록 쓰이는 것이 사람의 손톱이다. 겉으로 사용되는 도구라기보다 내적 상태를 비추는 거울 같다. 손톱색깔을 보면 건강을 체크할 수 있고 손톱 길이나 상태를 보면 성격을 짐작해 볼 수도 있다. 미모에 관심을 기울이는 여성들이 손톱으로 외모의 귀결을 이루는 것을 본다. 헤어스타일, 화장, 패션의 외적 미를 넘어 손톱이 속마음을 보여준다고 생각하니 잘 눈여겨보지 않았던 손톱에 관심이 갔다.

네일아트점이 동네 미용실 수만큼이나 불어나고 있다. 돈과 시간을 들여 왜 손톱에다 마음을 쏟는지 이해되지 않았으나 손질을 받은 사람들의 대답이 하나같았다. 자존감이 올라가는 것 같고 스트레스가 풀리며 기분이 좋아진다고 한다. 화내는 일이 줄어들어 표정에 시나브로 영향을 미치게 된다. 표정은 미(美)의 최고치 기준이 아닐까. 아직 한 번도 손톱손질을 받아보지 않은 나는 그들의 동일한 말을 은연중 인정하고 있었다.

나도 손톱을 가만 두지 못하는 성향이 있다. 물어뜯지는 않으나 아직 깎을 때가 되지 않았는데도 손톱깎이를 들이대곤 한다. 일이 밀려 허둥거릴 때, 기분이 좋지 않을 때, 초조할 때 손톱을 깎는다. 똑똑, 떨어져나가는 손톱을 보면 거추장스런 짐 덩어리가 내려지는 듯하다. 일을 방해하는 요소가 제거된 양 마음이 한결 가벼워진다. 죄의 싹을 걷어낸 것만 같고 실수가 지워지는 기분이 들기도 한다.

뭔가 초조한 마음을 감출 길 없어 손톱을 물어뜯는다는

그에게 괜한 연민이 일어난다. 언젠가 내 앞에서 화장을 고치던 P의 손톱이 떠오른다. 깔끔하게 정돈 돼 있었다. P의 투명하고 건강한 마음처럼. 그와 P가 복된 인연이 되어 새로운 삶을 출발한다면 그의 손톱도 점점 자리를 잡아가리라 싶다. 노후에는 그동안 벌어놓은 자산으로 가난하고 어려운 사람을 도와주며 사는 것이 꿈이라며 벌써 복지 일에 착수한 그의 속이 잘 비춰지는 거울이 되길 바란다.

손끝에 달린 열 개의 거울. 눈여겨보지 않으면 구석진 자리에 앉은 존재감 없는 물건 같다. 내 속에 든 금 가고 때 묻은 거울도 꺼내어 닦을 일이다.

감출 수 없는

재채기소리가 하루 열두 번도 더 들려온다. 재채기 한 방에 창문이 덜커덩거리고 이 여파로 아파트 담벼락까지 흔들리는 것 아닌가 싶다. 사람 몸속에 장착된 대 포탄. 버튼을 제 맘대로 조작하는 천지무법자 하나가 분명 몸 어딘가에 살고 있다. 심심하면 쏘아대며 이웃인 내 마음에 난동을 부린다.

뉴스에서 보니 위층에서 들려오는 소음을 견디다 못한 아래층에서 막대기로 천장을 찔러댔다는 보도가 나왔다. 내 이웃 아파트에서는 한밤중에 어느 아저씨가 코뿔소처럼 씩씩대며 윗집을 들이박았다는 소문이 돌았다. 결국 한쪽

이 이사를 가는 일이 일어났다. 어디에서는 층간소음으로 우발적 칼부림까지도 일어난다니 일상이 테러 밭 같다.

발자국소리, 물 내리는 소리, 가전제품 돌아가는 소리에 비하면 재채기는 시답잖은 소리인가. 그런데 나는 왜 재채기가 터져 날아올 때마다 내 몸이 분해될 것처럼 치가 떨리는지. 당장 팔을 걷어붙이고 찾아갈까 수십 번 망설였다. 한판 붙고 싶었다. 괜히 나서지 말고 관리소에 일러볼까도 생각했다. 그런데 보나마나, 막상 재채기주인을 만나면 아무소리 못하고 돌아설 나. 발자국소리 때문이라면 한번쯤 하소연했을 수도 있겠지만, 재채기는 그럴 수 없었다. 세상에서 숨길 수 없는 두 가지가 있는데, 하나는 사랑이고 나머지 하나는 재채기라는 말도 있지 않나. 이 생리적 현상을 어떻게 틀어막는단 말인가. 절이 싫으면 중이 떠나는 수뿐, 참을 수 없는 소음 때문에 짐을 싸야 하나 싶다가 마음을 다스리는 수밖에 도리가 없었다.

세상 다 다스려도 마음만은 범접할 수 없는 지대다. 몸속 어딘가 손이 닿을 수 없는 곳, 재채기 포탄을 움직이는 천지무법자 곁에 붙어 살지도 모르는 이 마음. 바로 곁에 있는 천지무법자 하나도 해치울 수 없을 만큼 무능한 것이 또 한 마음이다. 그러니 저 재채기 주인도 튀어나오는 포탄을 어찌할 수가 없는 것이다.

묘안을 찾다 생각해낸 것이 재채기를 묻어버리기로 한 것이다. 이해와 관용으로 묻는 것이 아니라 우리 집 사방 벽 속에 재채기소리를 묻고 다시 벽을 발라버리리라고. 에드거 엘런 포의 〈검은 고양이〉에서 심기를 불편하게 하던 고양이를 벽장 속에 묻어버린 것처럼 말이다. 재채기가 들려올 때마다 무시(無視)의 열쇠로 벽을 열어 소음을 묻고 다시 무관심으로 발라버린다. 몇 번 그렇게 하자 재채기는 이제 벽장 속이 제 있어야 할 곳인 양 스스로 빨려 들어간다. 벽장 속에 갇혀 옴짝달싹 못한다. 내 귓속으로 들어오면 길을 잃어버리는 재채기에 한동안 평안했다. 까짓것 아무것도 아니네, 라고 생각했을 즈음 다시 고갤 쳐들기 시작한 대 포탄소리. 한동안 벽장 속에 묻혔던 재채기까지 벽을 긁으며 기어 나와 합세한 듯 더욱 신경을 긁어댄다. 무시와 무관심은 속절없이 무너지고 귀만 더 예민해진다. 재채기는 날마다 우리 집 벽이란 벽은 다 허물어버리듯 기성을 부린다.

날씨가 선득해지자 창문을 닫는다. 아니 그 집도 창문을 닫은 모양이다. 여전히 쉴 새 없이 날아오는 재채기는 이제 우리 집 유리창에 와서 붙는다. 유리창이 들썩인다. 유리창떠들썩나비가 창문에 붙어서 날개로 파닥거려대는 것 같다. 팔랑나비과에 속한 유리창떠들썩나비는 너무나 요란하게 풀밭을 날아다니는 바람에 붙여진 이름인데, 날씨가 서늘해지자 이웃집 포탄이 그 나비로 옷 입고 유리창을 때리는 듯하다.

이 재채기와 한집에서 사는 식구들은 어떠할까. 집안의 물건들이 제 자리를 지키고 있을까. 공부하는 학생이 있다면 주먹을 움켜쥐고 귀를 틀어막을 것 같다. 아니면 이미 적응이 됐을까. 옆집 사정을 생각하다가 사방팔방으로 날아드는 떠들썩나비를 어떻게 하면 잡을까 고민 중이다.

멀리 있는, 갓 백일 지난 손녀 '샛별'이로부터 영상전화가 온다. 샛별이 엄마가 제 딸 자랑이 미어진다. 자기 딸이 세상에서 제일 예쁜 것 같다고, 벌써 말을 하는 것 같다고. 엊그제 뒤집기를 했는데 이제 금방 앉을 것 같다고. 모바일

화면 속에서 팔다리를 잠시도 가만 두지 않고 요란을 떨던 샛별이가 갑자기 으앗! 으앗! 하더니 재채기를 폭발한다. 나는 눈이 휘둥그레진다. "엄마, 우리 샛별이 요즘 꼭 이렇게 큰 소릴 내지르며 재채기를 하네! 너무너무 귀엽지?" 샛별 엄마의 웃음소리에 맞춰 나는 기다렸다는 듯 단번에 대답이 튀어나온다. "이~렇게 예쁘고 화통한 재채기소리는 들어본 적이 없네. 샛별이 재채기 대박! 짱! 짱! 이뻐, 이뻐, 이뻐어어!"라고.

이그! 또 시작이다. 옆집에서 날아드는 유리창떠들썩나비가 연달아 창문에 달라붙는다. 난리법석이다. 우리 샛별이의 그것과는 판이하게 다른 성질의 저것을 어떻게 하면 좋을까.

짐

그녀가 어김없이 마중을 나왔다. 도착시간보다 한 시간이나 일찍 나와 기다리고 있었다. 부산에서 태어나 상경한 지 반백년이 되었지만 자갈치 아지매의 억양은 그대로요, 자식 만나러 나온 어머니처럼 양손에는 언제나 불룩한 가방이 들려 있었다. 그녀의 가방 속, 뻔했다. 보나마나 모임을 위한 무언가와 또 분명 나에게 줄 무엇이 들었을 것이다. 그녀가 내 마음을 읽었는지 우리가 머물 인사동 골목에는 마트나 편의점 찾기가 힘들어 간식거리를 좀 챙겨왔다고 했다. 인천에서 서울까지 지하철을 몇 번이나 갈아타면서 어떻게 짐 꾸러미를 들고 다니는지 나로서는 언감생심이었다. 어딜 가든 누굴 만나든 늘 짐을 만들어 다니는 그녀였다.

오후 햇살이 골목을 한창 누비는 시간, 미리 빌려놓은 어느 빈 홀에서 모임이 시작되었다. 그녀가 가방을 열어젖히자 다과가 쏟아졌다. 과도와 쟁반, 요지까지 준비해온 덕에 지방에서 올라온 회원들이 출출한 배를 채웠고 노독까지 시원하게 풀었다. 둘러보면 편의점 하나 없으랴. 그렇지만 그녀가 들고 온 먹거리를 마트에서 갓 사온 것과 어찌 비교할 수 있을까. 미리 준비한 짐을 들고 먼 길을 오는 동안 모임 중 사람들의 목이라도 축일 것을 생각했을 것이다. 우리는 1차 회의가 끝나고 각자의 시간을 좀 가진 후 저녁에 다시 모이기로 했다.

모두가 흩어지고 그녀가 가방을 열더니 나에게 상자를 하나 내밀었다. 분홍표지로 된 새 노트였다. 꽤 무게가 나갔다. 자기 것을 사면서 하나 더 샀다고 했다. 나는 이 모임이 있을 때마다 매번 그녀로부터 감동을 받았지만 언제나 나의 빈 손이 또다시 부끄러워지곤 했다. 그녀의 마음을 받아 든 내 가방이 묵직해지고 여느 때와 다름없이 목젖이 젖어왔다.

이제 옷가게로 가자고 했다. 오늘 우리 만남을 위해 그녀가 일전에 블라우스 하나를 사서 택배로 보내주었는데 몸에 맞지 않았다. 도로 보내었더니 이것저것 사진을 찍어 보내왔다. 마음에 드는 걸로 골라보라는 것이었다. 이미 값이 카드로 지불됐기도 했지만 사주고 싶은 마음을 도로 집어넣을 수 없다고 했다. 나는 사진을 훑어보다가 무엇이 좋을지 몰라 망설였다. 그러자 그녀가 서울 왔을 때 입어보고 고르면 어떻겠냐고 물어왔다. 지하철을 타고 버스를 타고 내려 걸어서 도착한 곳은 그녀가 사는 인천의 어느 옷가게였다. 그녀가 사준 새 옷을 입고, 입고 온 옷은 내 가방 속에 우겨 넣었다. 어깨에 멘 가방, 만삭된 배를 안은 듯했다.

다시 서울로 왔다. 우리는 오랜만에 밤거리를 걷고 오래도록 차도 마시면서 이야기를 나누었다. 나는 자리를 옮길 때마다 불룩한 가방이 신경 쓰였지만 수십 년 그녀와 알고 지내오면서 그녀의 한결같은 마음을 알기에 힘들거나 귀찮지 않았다. 알 수 없는 것이 한 길 마음이라는 말도 있지만, 좋은 마음만큼 눈에 잘 보이는 것도 없다는 생각이 들었다.

요즘 짐을 손수 들고 다니기를 꺼려한다. 웬만하면 택배로 부치거나 현지에서 필요한 것을 바로바로 해결하면 된다. 그런데 그녀는 그렇지 않다. 그녀가 옛 습관을 버리지 못하는 사람도 아니거니와 인터넷 정보에 밝은 걸 보면 무겁게 짐을 들고 다니지 않을 수도 있다. 그녀뿐만 아니다. 가까운 마트에 나가 단돈 얼마면 살 수 있는 것도 꼭 보따리에 챙겨 오시는 내 어머니, 멀리 있는 딸집을 가면서 인스턴트 컵라면까지 가방 빈 구석구석 채워가는 지인, 집에서 꼼꼼히 검사를 해주려고 학생들의 과제물 꾸러미를 늘 달고 다니는 친구를 생각하면 짐은 상대를 향한 떨칠 수 없는 애정의 상징물 같은 것 아닐까.

길을 가면서 맨송맨송 빈 손으로 다니는 사람은 스마트해 보이는 대신 왠지 삭막해 보인다. 그들의 안주머니 속에 든 갖가지 카드가 그들을 간편한 차림으로 만드는 것일까. 스마트폰 키 하나만 누르면 손쉽게 선물을 주고받을 수도 있다. 하지만 왠지 그런 것들이 물질적이고 기계적인 것, 일회용적이고 순간적인 마음처럼 다가오는 반면 세련되지 못한 짐 가방 속에서 나오는 물건들이 상대에게 직접 전해지는 모습을 보면 푸근하고 넉넉한 마음이 건너가는 것 같다. 그런 진풍경이 없다.

우리 생이 다하면 무겁고 슬펐던 삶의 짐은 다 내려놓게 된다. '행복한 왕자'의 불에 타지 않는 붉은 심장과 왕자의 심부름을 한 제비의 시체만을 천사가 거두어간다. 사는 동안 애틋한 마음이 실린 무언가를 누군가에게 건넬 수 있는 기회를 잘 포착하는 것도 세상을 잘 살다가는 하나의 길인 것 같다.

언제나 무거운 짐 가방을 만들어 와서는 다 흩어버린 후 가볍게 돌아가는 그녀의 뒷모습이 아름답다.

손맛

저녁을 먹고 잠시 바람이나 쏘일까하여 나간다. 반달이 어슴푸레하다.

정자항구에 닿는다. 차창으로 비린내 씨가 와락 달려든다. 횟집들은 일찍 불이 꺼져 있고 활어센터도 화재를 당했다는 플래카드가 걸려 있다. 수리가 끝나는 기한이 정해져 있지 않은 걸로 보아 장사에 재미가 없어진 모양이다. 다 떼어낸 창문 안으로 보이는 먹빛 콘크리트 벽이 으스스하다. 불길에 놀란 물고기들의 아수라 울음이 들려오는 듯.

초저녁 항구답지 않게 정박한 배들도 깜깜하다. 거북선 같으나 패잔병처럼 어둠에 묻혀 있다. 멀리 유일하게 불빛 하나가 번져 나온다. 식당인 듯하다. 사람 서너 명의 떠드는 소리가 물속에서 들려오는 것처럼 아득하다.

비린내 씨의 손을 잡고 어둠을 짚으며 항구로 나가본다. 감쪽같은 일이 일어나도 감쪽같이 모르도록 항구의 밤은 벌써 깊다. 널브러진 그물에 발이 걸릴 것 같다. 저만치 사람 하나가 바다를 향해 서 있다. 정물 같다. 흠흠, 헛기침을 하며 다가가보니 낚싯대를 드리우고 있다. 먹물 같은 바닷물을 내려다본다. 초록불이 켜진 심지 하나가 보인다. 낚시 중인 사람 앞에 인기척을 내는 것이 맞는지 모르겠으나 그냥 지나치기도 멋쩍다.

"뭐 잡으세요?"

"황어."

초록 찌가 그의 얼굴을 비춘다. 돌 같다. 검은 돌 한 덩이가 로봇처럼 대답한다. 더 말을 걸면 낚싯대를 번쩍 들어올려 후려칠 것만 같다. 그냥 지나치기에도 불안한 밤, 의무와 책임처럼 한마디 더 붙여줘야 할 것 같다.

"아저씨 드시려고요?"

"이걸 누가 먹어요?"

돌덩이 로봇은 물속의 찌만 응시한다.

"그럼 왜 잡죠?"

"손맛이지!"

새대가리, 물고기대가리라는 시쳇말이 있다. 거의 지능이 없다는 물고기들도 죽음에 걸리지 않으려는 본능을 가지고 있다. 미끼를 물 때 이물이 없는지 살피며 절대 덥석 물지 않는다는 것. 그런 물고기대가리를 따라잡기 위해 인간은 갈수록 예민하고 고급스런 낚싯대를 만들어낸다. 낚싯대의 발달에 물고기의 눈치는 더해지고 입질은 더욱 까다로워지고, 그러나 목구멍이 포도청인 물고기가 미끼를 무는 순간, 놀란 물고기 심장의 파동이 낚싯대를 타고 손으로 찌르르르 올라오는 느낌, 그 짜릿한 맛이 물고기의 살점을 뜯어먹는 맛보다 좋다는 것.

인간은 어떠한 환경 속에서도 최소한으로도 최대한으로도 즐거움을 만들어내는 선수다. 고도의 영장으로서, 참으로 퉁명스럽게도 누린다.

흰 도깨비들

그날 밤 휴양림 산책길에서 작은 불야성을 보았다. 손에서 불빛이 흘러나오는 흰 도깨비 무리였다. 그들은 빙 둘러서서 춤을 추고 있었다. 웃지도 울지도 소리지르지도 않으며 온몸을 흔들어댔다. 그러다 이를 활짝 드러내며 씨익 웃는 모습이 기괴했다. 단체로 꽉 달라붙게 입은 흰 옷 위로 뱃살을 출렁거리며 갑자기 옆 도깨비를 와락 끌어안아 빙글빙글 돌기도 했다. 나는 홀린 듯 가까이 다가갔다.

야생의 동물처럼 주위를 어슬렁거리다 은근슬쩍 빨려 들어가 함께 몸을 흔들었다. 그들 눈에는 마치 감투 쓰고 등거리 입은 도깨비가 나타난 것처럼 느껴졌는지 눈이 휘둥그레지는 이도 있었다. 혹부리영감의 혹이 생각나 심술을 한번 부려볼 양 크게 노래를 불렀다. "별빛이 흐르는 다리를 건너~~바람 부는 갈대숲을 지나~~", "안개 속에서 나는 울었어, 외에로워서 하안참을 울었어~~사랑하고 싶어서 사랑받고 싶어서~~" 그들은 번갈아보며 눈을 찡긋찡긋, 춤에만 열광했다. 그렇게 한참을 놀다 마침내 자지러질 듯 한바탕 웃더니 먹다 남은 먹거리들을 챙겨 별똥별처럼 숲으로 사라져버렸다.

이들은 도대체 누구일까. 어둠 속이긴 해도 그들 안에 끼어들어 춤을 춘 게 멋쩍기도 하고, 괜한 낯선 친밀감을 혼자 즐긴 듯하여 뒤늦게 무안했다. 삼일 밤 묵어가기로 작정하고 올라온 휴양림에서의 마지막 밤을 그렇게 뒤척이다 잠이 들었다. 다음 날 아침, 햇볕이 불쏘시개처럼 창문을 들쑤시는 바람에 눈을 떴다. 어젯밤 떼 지어 놀던 흰 도깨비들이 떠올라 그 곳으로 내려가 보았다.

작은 공터엔 지난밤 불야성의 흔적이 남아 있었다. 광란의 도깨비들이 미처 추스르지 못한 빈병 몇 개가 한쪽 귀퉁이에 쓰러져 있었다. 그들이 가뭇없이 사라져간 숲에선 새소리가 소란스러웠다. 아마도 숲속에 그들의 거처가 있을 것이었다. 어쩌면 낮엔 자고 밤에 다시 이 길목으로 나와 또 한바탕 놀아날지도 모르겠다는 생각이 들었다. 그들이 다시 보고 싶어. 밤을 기다리며 보내는 시간이 바위를 매단 듯더뎠다.

사람들에 치여 쌓인 스트레스를 풀려 이 휴양림에 들어왔다. 사람들과의 관계의 피곤함에서 벗어나고자, 일머리가 잘 돌아가지 않아 부대끼는 머리를 쉬고자 했다. 그러나 잡념만 더 싸맨 듯 읽으려고 가져온 책은 읽는 둥 마는 둥, 마무리 짓지 못한 채 내버려두고 온 일은 휴양림에 앉아 전화로 처리해야 했다. 차라리 일상에 있을걸, 하는 후회가 되었다. 내려가면 이곳에서 보냈던 시간 동안 별 보람을 느끼지 못한 것에 안타까움이 들 것이다. 여기서도 저기서도 스스로를 올가미로 씌워놓고 끈에다 묶어놓은 나를 보던 중에 도깨비들과의 시간은 애틋했다. 무장해제 된 듯 그리 신나게 놀 수 있다니, 과연 도깨비들이었다.

도깨비 방망이는 무엇이든 만들어낸다는데 어젯밤 그들

은 방망이대신 휴대폰을 거머쥐고 있었다. 거기서 노래가 흘러 나왔다. 후레쉬를 흔들며 노래와 춤을 즐기는 그들을 보자 옛 이야기 속 도깨비가 떠올랐다. 도토리 깨무는 소리가 집 무너지는 소린 줄 알고 도망치는 이야기도 있고, 한 번 빌려간 돈을 매일 저녁 갚으러 왔다는 건망증 심한 도깨비 이야기도 있다. 초자연적 힘을 가졌어도 약은 인간의 속임수에 넘어가고 마는 도깨비들이 우리 민족의 모습을 나타내는 인물로도 그려진다. 그들의 순순함과 미련함이 과연 지금도 우리 안에 존재할까.

어둑발이 들면서 길이 지워지고 산도 지워져 가기 시작한다. 그들이 나타나지 않는다. 승용차 몇 대만 올라와서 숲길로 사라진다. 불뚝한 배도 부끄러워하지 않는 편안함 때문이었는지, 낯익은 가요와 광란적 춤 때문이었는지, 비슷해 보이는 연륜 때문이었는지 그들을 다시 만나고 싶다. 아마 다른 곳에서 예기치 않게 마주친다면 덥석 손이라도 잡을 것 같다. 어젯밤 일로 내 안에 흰 도깨비의 피가 흘러든 것일까. 그 유쾌하고 단순하고 흥겨워 보이는 그들과 함께 짧은 시간을 보냈다는 이유로 휴양림에 안고 올라온 가슴앓이가 사그라든 듯하다.

그들을 놓쳐버렸다 생각하니 일찌감치 집으로 내려가지 않은 것이 후회된다. 돌아서려는데 잃어버린 휴대폰을 찾으러 왔다는 한 사람을 만난다. 어젯밤 분명 이곳에서 음악을 켰던 방망이였던가 보다. 낮에 일을 마치고 이리저리 찾아 헤매다 다시 올라와봤다며 눈에 불을 켜고 살핀다. 나는 함께 주변을 둘러보며 어젯밤 일을 묻는다.

그들은 다양한 직업을 가진 이들로서 오래된 모임이라고 한다. 은행원, 농부, 어린이집 선생, 구청 직원, 먹고 노는 사람들, 손녀 봐주는 할머니, 교사, 세탁소 주인 등등. 일 년에 한번 모이는 그날만큼은 서로 칭찬과 격려만 하는 날이다. 같이 일하다 생긴 억하심정이나 미움, 못마땅함도 모두 털어 용서하고 포용하자는 날이다. 그렇게 함께 모여 얼굴과 얼굴로, 가슴과 가슴으로, 춤과 노래로 소통하는 우리네 도깨비들.

별 희한한 모임도 다 있다싶다. 그렇지만 내가 속한 어떤 모임을 비롯해 사람들이 함께 하는 곳곳에서 자칫 경쟁하고 남의 일을 쥐어뜯는 일이 일어나곤 한다. 누군가가 판을 뒤엎기라도 하면 관계회복이 쉽지 않다. 그 순간의 실수나 감정을 마음에 쟁여두고 다시는 상대하려하지 않는다. 스칠 때 인사조차 나누지 않는 사람들도 있다. 생활전선에서 생긴 불화는 그냥 묻어두지 말고, 그렇다고 흘려버리지도 말고 서로 이해와 화해로 어우러지는 흰 도깨비들의 행사를 생각하니 전설로나 남을 듯한 우리의 옛 정서를 만난 듯하다.

누군가에게 빼앗겨버린 듯한 도깨비방망이처럼 휴대폰은 되찾지 못하고 그는 앞서거니 나는 뒤서거니 휴양림을 내려온다. 저들 틈에 끼인다면 좀팽이 같은 내 마음에 똬리 틀고 앉은 사람들과의 어려운 일도 털어버릴 수 있을까 하여 앞서 달리는 흰 도깨비의 차를 향해 쌍 라이트를 켠다. 클랙슨도 울려본다. 그러나 눈치코치도 없이 내빼는 앞차를 도무지 따라잡을 수가 없다.

깨어진 무지개

구름이 소보로빵 같았다. 속에서 태양빛이 흘러나오고, 가장자리 빵 부스러기같이 흩어져 있는 구름 조각 사이로 무지개가 보였다. 비 온 뒤 산등성이나 해맑아진 하늘에 뜬 것은 보았지만 맑은 날씨에 불현듯 떠 있는 무지개는 처음이었다. 비가 오지 않았는데 웬일일까. 무지개를 볼 때마다 일어났던 왠지 모를 행복감이나 기쁨 대신 조금 놀라움과 두려움에 잠시 빠졌다.

무지개 하면 노아의 방주가 떠오른다. 노아 시절에 하나님이 말씀하셨다. 땅이 부패했으니 땅에 있는 모든 혈육 있는 자의 행위가 부패했다고. 모든 혈육 있는 자의 포악함이 가득해서 그들을 땅과 함께 멸하리라고. 하나님은 노아에게 방주를 만들라 하셨다. 당대 의인이었던 노아와 그 가족들, 생명의 암수 한 쌍씩을 살려주시기로 약속하셨다. 드디어 홍수는 시작되고, 사십 일 밤낮으로 내린 비로 방주가 떠올라 물 위를 떠다녔다. 천하의 높은 산들이 다 잠겼고 땅 위 숨 쉬는 것은 다 죽었다. 사십 일 후 땅의 깊은 샘과 하늘의 창문이 닫히고 비가 그쳤다. 노아 가족과 짐승들이 방주에서 나왔다. 하나님은 노아와 약속을 하셨다. 다시는 물이 모든 육체를 멸하는 홍수가 되지 아니하리라고, 그 약속의 표징으로 구름 사이에 무지개를 두시겠다고.

무지개를 본 며칠 후 장마가 시작되었다. 여느 해와 달리 두 달 가까이나 되는 길고 긴 장마였다. 전국에 떨어진 물 폭탄으로 많은 인명피해를 입고 땅과 집이 잠기고 가축이 떠내려갔다. 장마가 그칠 기미를 보이지 않자 코에 숨 있는 것들이 다 멸해질까 두려웠다. 자연의 위력 앞에 사람이 할 수 있는 것이 없다는 것을 경험하고 알고 깨달았지만 또 잊고 살다가 새롭게 다가왔다. 그렇잖아도 세계는 팬데믹 비상이다. 자연발생적 산불과 이상기온과 메뚜기 떼의 곡식

습격까지 세상이 예사롭지 않게 돌아간다. 우왕좌왕하다 떼죽음 당하는 개미 떼같이 사람 목숨이 이리 가벼울 수가.

어떤 이들은 이런 재해가 역사적으로 예전에도 있어왔다고 한다. 현대는 글로벌 시대, 지구촌 시대이기에 발 빠른 정보가 흘러 넘쳐 괜한 걱정까지 더 하게 된 것이라고, 세상은 늘 말세지말 징조를 보이지만 지구는 수십억 년 넘게 존재해왔다고. 이런 소리를 들으면 사람들이 참 담대하다는 생각이 든다. 세상을 두려워하며 떨며 살아서는 안 되지만, 또 걱정한다고 재해가 없어지거나 사라지는 것은 아니지만, 그렇다고 강 건너 불구경하는 마음이어서는 지구인으로서의 자격이 좀 미달되는 것은 아닐까.

어릴 적에 홍수 공포를 맛보았다. 세간들은 쓸 수 없게 되었고 논밭의 곡식들은 폭삭 잠겼다. 물속에서 지붕만 떠 있는 집을 버리고 산으로 올라간 이웃도 있었다. 우리 집 헛간 연탄들은 마루로 옮겨졌다가 다시 방으로 들여졌다. 방에서 다락으로 가야 했지만 다락은 이미 세간으로 초만원이었다. 나는 동생들과 함께 아래채 아저씨의 목마를 타고 물을 건넜다. 동네에서 가장 높은 곳 바위언덕에 있는 집으로 갔다. 난민들로 왁자했다. 알지도 못하는 사람들 틈에서 밤을 보내며 그날 밤늦도록까지 지붕을 때리는 빗소리를 들었다.

다음 날 비는 감쪽같이 그쳤고 파란 하늘에 무지개가 찬란했다. 너무나 얄미운 무지개, 아무에게도 그 무엇에도 항변할 수 없고 모든 것을 다시 시작해야 한다는 느낌이 스쳤다. 오후쯤 되니 물은 어딘가 막아놓았던 물마개가 열린 듯 빠져나갔다. 우리 집은 연탄 칠갑이 되어 있었고 한숨도 자지 못한 부모님은 가재도구들을 마당으로 옮겼다.

와중에 물 구경 가자는 소리가 들렸다. 강에 큰일이 벌어졌다는 거였다. 하던 일을 내려놓고 달려 나갔다. 가전제품, 장롱, 뿌리 뽑힌 나무들이 강물에 떠내려가는 중이었다. 헬리콥터가 강 중간쯤에 떠 있었다. 저만치 교각 위에서 사람들이 소리를 지르고 있었다. 다리 밑으로 한 사람이 둥둥 떠내려가는 것이 보였다. 물 밖으로 두 팔이 올라갔다 내려갔다 하며 버둥거렸다. 헬리콥터가 잽싸게 날아 밧줄을 내렸으나 물에 빠진 사람은 그것을 잡지 못했다. 강물과 헬리콥터의 경주가 시작되었다. 사람은 빠르게 떠내려가고 헬리콥터에서 내려진 줄은 실낱같이 희미해지더니 사람이 공중으로 올라가는 게 보였다. 둑에 선 사람들이 모두 박수를 치고 환호했다. 눈물을 흘리는 사람도 있었다.

홍수가 소리 없이 넘어갈 때도 있었지만 잊을 만하면 장마나 태풍과 함께 공포를 몰고 왔다. 이번엔 부산을 비롯해 전라도와 강원도에서 일어난 참사도 어마어마했다. 텔레비전 화면에 비친 모습만 보아도 가슴이 아팠다. 단 몇 시간 만에 동네를 송두리째 쓸어갔고 많은 생명도 데려갔다. 발버둥치며 남의 집 지붕 위에 올라선 황소의 눈망울에도 홍수가 났다. 목숨에 대한 간절함이 무색한 시간, 수마는 막막함을 남기고 지나갔다.

인간의 능력으로 하늘에 구름도 쏘아올리고 사막에 비도 내리게 할 수 있는 날이 곧 올 거라고 한다. 그러나 인간이 범접할 수 없는 세계가 존재하는 이상, 창조주가 기쁘게 만들어놓은 이 세상을 후회 막급해하며 쓸어버리시겠다면 그냥 끝일 수밖에 없는 세상이다. 다시는 물로 멸하지 않으시겠다던 약속을 파기하셔도 무자비하다고 대들 수 있는 이가 과연 한 명이라도 있을까. 사면초가에 닿으면 누구나 하늘을 올려다보는 본성이 있는데 이 본성마저 잃어버린 세상에서 노아 같은 의인을 찾을 수 없다면 영원한 멸망이 아닐까 싶다. 도둑질을 하는 것도 아니고 사람을 죽이는 것도 아니며 남의 것을 탐내는 것도 아닌데 무슨 말이냐며 괜히 투덜거리다가는 늑골 깊은 곳에 움츠린 양심이 백기를 들며 고갤 숙이고 말 테지.

혹시 노아 때 받은 무지개 증표가 수포로 돌아간 걸까. 높은 수위의 무감각과 불감증에 놓인 세상에서 암묵이 아닌 묵시처럼 소보로빵 구름 속에 나타난 무지개가 아무래도 수상하다. 혹시 약속이 깨어졌다는 뜻일까. 살려주시겠다는 증표가 아니라 다 멸하겠다는 경고장으로 바뀐 듯 미심쩍은 무지개다. 산꼭대기에서 방주를 만드느라 오랜 시간 망치질을 했던 노아, 그의 후예들이 지금도 존재할까.

메아리

산에 올라 메아리를 불러본 지가 언제인가. 숨을 캑캑거리며 땀을 뿌리며 오른 정상에서 야호 한 번 외치지 않고 내려가기란 왠지 심심하고 서운하다. 산을 정복한 쾌감을 나눠보고 싶은 발동이 실은 등산 초입부터 따라붙었다. 입가에 손나팔을 붙이고 온몸에 힘을 주어 "야호"를 외친다. 입을 다물기도 전에 들려오는 메아리. 산을 오르는 동안 깊은 숨을 훅훅 불어낼 때마다 내 몸에서 살짝 살짝 빠져나간 또 다른 나일까. 목소리를 용케 알아차리고 큰 소리로 즉시 대답하는 메아리. 높은 산에서 자꾸자꾸 불러보고 싶은 나다.

내가 소리치는 '야호' 안에는 상대방에게 상쾌한 기운을 전달하고자 하는 감탄만 담겨 있는 것이 아니다. 좋은 감정이든 찌든 감정이든 고스란히 공감해주는 또 다른 나, 에코의 목소리를 듣는 순간 바로 하산해도 될 만큼 마음이 후련해진다. 메아리 하나에 지고 온 고통이 가시다니 놀라운 리액션이다. 이제 웃으면서 사진 몇 컷 찍고, 싸온 도시락을 까고, 발아래 저 풍경을 빙 둘러보는 것만으로도 충분하다.

산 아래 저 깊은 바다 같은 세상에 따개비가 덕지덕지 붙은 귀신고래들이 산다. 저들의 목소리를 들으려면 초음파 탐지기가 필요하다. 내가 산 위에서 외쳐도 저들은 내게 메아리를 보내주지 못한다. 그러자 또 메아리가 듣고 싶어진다. 나를 깨우는 큰 소리로 "야~~~호!" 그런데 이번에는 내가 아닌 분명 다른 사람의 목소리가 들려온다. "야~~~호!" 알 수 없는 저 사람, 단지 내가 외친 한마디에 답을 해오다니 놀랍다. 내 안을 후벼 팠던 슬픔도 나를 달뜨게 했던 기쁨도 속속들이 알고 있다는 신호처럼. 이 다정한 한 번의 응답에 산을 다 가진 것처럼 가슴이 벅차다.

구름을 타고 내려오는 기분이다. 즐거운 하산이다. 올라

올 때 한 짐이었던 것이 어느새 깃털이다. 나의 외침에 공감하며 응답해준 낯선 목소리의 주인을 어느 길목에서 만나보고 싶지만 보는 것보다 들리는 에코가 더 울림이 큰 법. 그 사람이 누구인들 어떤가. 산에 살면서 등산객의 외침에 진심어린 메아리 되어주는 산 사람, 마음이 살아 있는 사람이면 된다.

살면서 굳이 산에 오르지 않아도 메아리를 듣고 싶을 때가 있다. 대숲으로 들어가 '임금님 귀는 당나귀 귀'라고 외친 노인이 안색이 돌고 답답한 가슴이 뚫렸다는 전래동화는 '사람은 속엣 말 하지 못하면 병이 난다'거나 '임금님은 자신의 허물을 솔직히 드러내고 난 뒤 더 훌륭한 임금이 되었다'는 것만을 말하지는 않을 것이다. 노인의 타는 속마음을 알아듣고 메아리쳐준 대숲, 당나귀 귀를 가진 임금님의 콤플렉스를 해결해준 대숲의 메아리가 아니었더라면 노인과 임금님은 어떻게 되었을까.

남 말하기 조심스러운 것은 당연하다. 임금님의 비밀을 오죽 말하고 싶었으면 대숲에다 대고 소리쳤는가 싶다. 그것을 대숲이 메아리해주리라 생각도 못했겠지만 말을 해버렸을 때 노인은 그날 밤부터 두 발을 뻗고 잤다 한다. 바람이 불 때마다 대숲이 임금님 귀가 당나귀 귀라고 메아리치자 노인은 더욱 속이 후련했을 것이다. 혼자서 외치고 만 것이 아니라 세상이 반응까지 해준 격이 되었으니 날고 싶었을 것이다.

노인의 말에 착한 메아리를 들려주는 대숲이 요즘에도 있을까. 말은 돌고 돌아 바람을 일으키며 전혀 엉뚱하게 전달되다 다시 못된 부메랑처럼 돌아온다. 한 사람을 건너뛸 때마다 왜곡되고 굴곡되어 처음과 다르게 돌아온다.

자신이 살기 위해 대숲으로 간 노인처럼 나도 해소(解所)가 필요하다. 노인이 비밀을 발설하고 싶었다면 나는 누군가로부터 받는 스트레스를 발설하고 싶은 것이다. 직접 대놓고 말하지 못하는 나 자신이 답답하기 그지없다. 당사자가 아닌 누군가에게라도 토로하고 싶지만 이마저 어렵다. 외쳐야만 살 것 같다. 내 말에 공감하든 하지 못하든 내가 울린 소리를 정확히 알아듣고 응답해주는 메아리를 듣고 싶다. 그 소리를 듣지 못해 애꿎게 된 나를 살리고 싶다.

벼르고 벼르다 내가 만나는 학생들을 해소(解所)로 삼았다. 수 년 동안 나와 함께 꾸밈없이 서로의 모습을 보여준 그들이기에 나의 답답함을 충분히 해결해주리라. 수업이 끝나면 나는 학생들에게 진지하게 마음을 털어놓곤 한다. 나의 가식 없는 이야기에 이들은 메아리로 응답한다. 솔직하고 진솔한 메아리들, 내 마음을 달아보거나 후벼 파거나 왜곡시키지 않는 나의 에코들.

말 때문에 병들어가는 사람들. 야호를 크게 외쳐도 묵묵부답이나 오히려 입을 틀어막으려는 수작에 걸려 마음이 곪아간다. 은쟁반에 금사과 같은 말이나 상대를 공감하는 말이 없어 세상이 파리해져간다. 메아리가 없어 마음이 비틀어지고 구부러진다. 전문 상담가나 의사가 필요할 만큼 자신을 컨트롤하지 못하는 이들이 얼마나 많은지 모른다.

찾아간 전문가가 사람이 아닌 기계처럼 말을 듣는다. 상담 시간을 체크하고 약물이 필요한가를 살피는 것이 주 임무가 된 기계 의사가 회전의자에 앉아 인상 하나 흩트리지 않고 진단한다. 사람의 말을 기계어로 전환시키는 능력이 뛰어날수록 훌륭한 의사. 그 눈빛은 다른 명령을 수행할 시간을 기다리며 깜빡이는 커서 같다. 환자의 체크 기록 카드는 제대로 입력될 리 없다.

제대로 응답하는 그 한 사람, 누군가 외칠 때 메아리를 보내주는 사람이 그립다. 가당찮지만 나는 따뜻한 에코가 되고 싶다.

싸가지 고 님과 구지기이(求知其二) 손님

딸이 제 손으로 차린 식탁을 동영상으로 보내왔다. "요리하다 보면 엄마가 해준 맛이 점점 길을 내줘. 그 길 더듬더듬 가다 보면 딱, 그 맛이 나와!" 게다가 내가 한 번도 해주지 않았던 요리까지 더해서 왔다. 사위한테 맛을 물어보았다. 사위는 제 아내가 무엇이든 잘하며 음식 솜씨도 날로 좋아지고 있다고 답했다. 결혼 전엔 자취를 하며 빵과 치킨으로 끼니를 때우다 보니 내 딸의 솜씨가 어떠한들 좋겠지 싶었다.

딸은 달걀 프라이 하나 제대로 부쳐보지 않고 결혼을 했다. 결혼 후에도 직장생활로 집안일은 뒷전이 되고, 끼니 때가 되면 뭘 어떻게 해 먹어야 할지 물어오곤 했다. 그때마다 나는 후회가 막급했다. 부엌일을 좀 가르쳤더라면 맘고생이라도 덜할 텐데 싶었다. 사실 그게 가르친다고 다 될 일은 아니다. 옆에서 자연스레 보았더라면 기억을 살려 한 가지 반찬이라도 해낼 수 있을 텐데.

다행히 사위가 함께 거들며 딸의 숨은 솜씨를 자꾸 드러내게 해주는 모양이었다. 함께 장을 봐서 요리책을 뒤적여 가며 이것저것 흉내를 내고 있었다. 청나라 초기 '장조'라는 사람이 지은 『유몽영』에 나오는 말, 구지기이(求知其二)가 떠올랐다. 하나를 알면 그 하나를 아는데 그치지 않고 다시 둘을 알고자 하는 사람. 딸이 하나하나 요리 솜씨를 늘려갈 수 있게 된 것은 아마 구지기이 같은 사위 덕이 아닌가 싶었다.

한번은 "엄마, 내 손에 아무래도 바퀴가 달렸나 봐. 모든 게 다 미끄러져."라는 문자에 간이 철렁 내려앉았다. 기름병이 깨졌다, 딸기잼 통이 저절로 미끄러졌다며 부엌 바닥에 퍼질러 앉아 칭얼거리고 있는 동영상을 보고서도 달려갈 수 없어 발을 동동거렸다. 하지만 그것도 다가 아니었다. 딸의 손아귀에 힘이 없을 때도 있지만 야무진 면도 많이 숨겨져 있다는 것을 살가운 사위를 통해 알게 되었다.

나는 어릴 적 부엌일에 관심이 많았다. 콩나물 발 떼는 일도, 전을 공중으로 던져 올렸다 프라이팬에 받는 일도, 그릇이 뽀독뽀독하도록 설거지하는 일도 재미있었다. 요리하는 어머니 옆에서 조수 노릇하며 요리 과정을 눈여겨보다가 점점 요리를 직접 해보았다. 어머니와 주변의 칭찬이 내 솜씨를 깨어나게 한 유도촉진제가 된 것처럼 칭찬보다 더한 가르침은 없었다. 한편 음식에 대한 나의 지론은 좋은 맛에 있지 그럴듯한 모양새는 별로 중요하지 않다고 생각하며 그릇을 굳이 정해진 데 담아야 하는 건 재미없었다. 밥을 보시기에도 담아보고 도자기 컵에도 들이대고, 국을 오목한 접시에 뜨다가 타박을 듣기도 했지만 점점 한 가지 음식이라도 정갈하게 다루어야 한다는 것을 알아갔다.

몇 년 전이었다. 그날 심한 감기에 끙끙 앓다가 어릴 적 먹었던 북엇국을 끓이기로 했다. 어머니가 하던 대로 참기름에 북어를 달달 볶다가 무와 조선간장을 넣고 재료가 냄비에 달라붙도록 또 얼마간 오래오래 볶은 후 물을 부어 달이다시피 하는 북엇국이었다. 먹기 전에 다진 파를 넣고 소금 간을 하면 그만인 북엇국. 감기몸살을 뚝 떨어지게 하고 기운을 솟게 하는 음식으로 우리 집에선 나름 보양식이었다. 마침 친구가 집 앞을 지나가다 병문안차 들렀다. 북엇국 한 그릇 같이 먹자며 내놓았더니 "이게 북엇국이냐?"라고 했다. 그제야 보니 국물은 희멀겋고 간은 싱거웠다. 입맛이 소태인 데다 그날따라 부리나케 끓였으니 맛이 날 리가 없었다. 나의 북엇국 솜씨는 하등이 되고 말았다.

얼마 후 그 친구가 또 집에 들를 일이 생겼다. 나는 북엇국 솜씨를 만회하고 싶어 조금 시간을 늦추어 오라고 말한 후 부랴부랴 눈앞에 보이는 단호박의 껍질을 벗겼다. 뭉턱뭉턱 썰어 전자레인지에 익힌 후 냄비에 넣고 으깼다. 곱게 다진 양파를 버터로 볶은 후 으깬 호박과 우유를 적당히 부어 뭉근하게 끓였다. 소금 간을 치려는데 친구가 들이닥쳤다. "호박 수프 맛 좀 볼래?" 수프용 그릇에 담아 파슬리까지 뿌려 내놓았다. 친구가 한 숟갈 뜨더니 "푸핫!" 웃었다. 나는 상관의 평을 기다리는 견습생이 되어 친구를 바라보았다. 친구는 또 한 숟가락 뜨더니 "나아지긴 했네, 북엇국!"이라는 것이 아닌가. 호박 수프 맛이 일품이라는 칭찬은커녕 그날의 북엇국을 들먹이다니. 게다가 "니가 젤 잘하는 게 뭐꼬?"라는데 난 정말 바보같이 순식간에 "수제비!"가 튀어나와버렸다.

"수제비이이이? 아서라, 내가 해줄게!"

친구는 수프 그릇을 비운 후 볼일을 보고 돌아갔다. 나는 친구의 뒤꼭지에 대고 다시는 음식을 나눠 먹지 않겠다며 문을 닫아버렸다.

내 솜씨로 손님을 대접한 최초 음식이 수제비였다. 초등학교 다닐 적 아무도 없는 우리 집에 친척 할머니가 오셨다. 점심 무렵이라 수제비를 끓이기로 하고 조금만 기다려 달라고 했다. 일단 연탄불에 멸치 육수를 올려놓고 밀가루 반죽을 시작했다. 소금을 척척 뿌려 글루텐이 탱글탱글해지도록 치댔다. 끓는 다시물에 밑간을 하고 손바닥에 반죽을 펼친 후 최대한 얇게 떼어 넣었다. 마지막으로 반달썰기 된 호박과 다진 마늘, 어슷 썬 파를 넣고 한소끔 더 끓여서 드렸더니 그날 이후 친척 할머니는 나만 보면 수제비 타령을 하셨다. 입에 살살 녹았다는 칭찬이 나의 솜씨를 계속 부추겼다. "다른 음식도 할 줄 알제?"라는 말에 나물도 무치고 찌개도 끓이기 시작함으로 음식 만들기를 취미까지 삼게 되었다. 그랬는데 나의 북엇국과 호박 수프를 맛본 친구 앞에만 있으면 요리에 대한 말조차 꺼내기가 어려워진다.

하나만 아는 것이 두려워 둘을 알려고 노력한다는 구지기이(求知其二)의 인물이 상등인물이라면, 남의 말을 듣고 비로소 둘이 있다는 사실을 아는 시지기이(始知其二)의 인물은 중등이라고 한다. 남이 알려줘도 믿지 않고 하나를 아는데 그치는 지지기일(止知其一)의 인물은 하등이며, 둘이 있다고 말하는 자를 미워하는 오언기이(惡言其二)의 인물은 최하등이라고 하는데, 내 친구는 어디에 속할까. 시간이 꽤 오래 흘러서인지 싸가지 고 님을 다시 불러볼까 싶은 마음이 슬슬 발동해 차일피일 중이다.

띵똥! 사위와 딸이 부엌에서 분주하게 움직이는 영상이 왔다. 집에 처음으로 귀한 손님을 초대했다는 것이다. 부디 구지기이(求知其二) 손님이면 좋겠다. 미처 잘 가르쳐 보내지 못한 마음에 자꾸 감 놔라 배 놔라 말하고 싶지만, 사위가 있으니 됐다.

장미와 거절

단편소설 한 편 읽느라 한나절이 지났다. 바로 앞 페이지는커녕 한줄 앞 내용도 금방 잊어버려 곱씹다 보니 오후였다. 소설 속 인물들의 삶이 이해되지 못할 것이 없었다. 어떠한 고달픔도 슬픔도 다 지나가는 것, 지난 시절 집착하며 애면글면했던 일이 바람 빠진 풍선으로 남거나 혹은 바람으로 빵빵해져서 저 먼 하늘로 날아가는 게 소설의 재미였다. 소설 속의 허구 못지않은 실상에서도 이해하지 못할 일, 넘어가지 못할 일이 무엇 있겠나 생각하다 이제야 처연해지는 것인지 아니면 데면데면해지는 것인지 구분이 되지 않았던 쉰.

아침에 미역국 앞에서 맹세했다. 새 마음 새 뜻을 품고 살겠노라고. 그 옛날 할머니 입에 달렸던 "십 년만 젊었어도!"라는 그 회한 어린 말을 나는 따라 하지 않도록 남은 시간을 살아가겠노라고.

하고 싶었던 일이 참 많았다. 열정으로 욕심으로 파고들었으나 그것만으로 일이 완성되지는 않는다. 달란트를 뿌리내리기 위해서는 남과 같이 살아서는 안 된다. 이루고자 하는 꿈이 있으면 다른 사람들보다 몇 배의 힘도 더 기울여야 함을.

한 달란트의 재능을 갈고 닦느라 젊음을 바쳤다. "에계계, 결과가 고작 그 정도?"라고 한다면 할 말이 없지만 집안일 바깥일 아이들 키우기 말고도 순간순간 고갤 들며 발목을 붙잡는 복병들 속에서 용케 놓치지 않았던 글.

쉰 되는 아침에 인생 2막의 시작을 외쳤다. 1막에서 건져낸 것을 잘 다듬어 가리라고. 뿌리를 내렸고 잎도 어느 정도 틔웠으니 양분을 계속 공급하며 좋은 열매를 출하하리라고. 지금까지 달려왔던 것처럼만 달려가리라, 했는데.

생각지도 못했던 이상이 서서히 생겨나고 있다. 그리 맛

나던 음식도 별로 맛이 없고 재미나는 일도 즐거움도 슬픔도 가슴에 깊이 닿지 않는다. 아무리 통나무라도 이렇게 무뎌질 수는 없을 텐데. 할머니 말씀처럼 막상 십 년을 거슬러 오를 수 있다면 무엇을 더 할 수 있을까. 더도 덜도 아닌 십 년 전처럼만큼은 살 수 있을까. 내 몸과 마음에서 피었던 꽃들이 낙화하고 순식간에 풍화된 듯함이 허구인 양 복선인 양 여겨지기도 한다.

울긋불긋했던 봄 산이 절반 초록으로 덮여가던 쉰, 그날 저녁 무렵이었다. 카톡이 울렸다.

"오늘 생일이지? 저녁 사줄게."

"마음만 받을게."

그런데 장미와 함께 그가 달려온 것이다. 생각지도 못한 그의 등장에 적잖이 당황했다. 여느 날과 다름없이 일 중이었고 마감할 서류들로 정신이 없었다. 무엇보다 그의 등장이 탐탁지 않았다. 둘이 장미를 나눌 사이는 아닌데 쉰의 생일에 함께 저녁까지 먹는다는 게 부담으로 다가왔다. 동네 근처 카페에 있다는 그에게 전화로 목소리를 올렸다.

"이렇게 오면 어떡해? 그렇게 오지 말라 했는데……."

"저녁 정돈데 뭘~. 시간 많이 안 뺏을 테니 같이 먹자."

더는 그의 호의를 거절할 수 없었다. 그는 나를 보자마자 빨간 장미를 한아름 내밀었다. 장미향이고 뭐고 목소리부터 벌겋게 뿌리고 말았다. 그는 어쩔 줄 몰라했다.

"아아, 알았어. 갈게. 미안~."

서둘러 시동 거는 소리가 들렸다. 나는 어쩔 수 없이 장미 다발을 안고 와야 했다.

두고두고 그날의 일이 마음에 걸렸다. 내가 왜 그렇게까지 상대를 무안하게 만들었는지, 그날 생일 아침에 새 마음으로 잘 살리라 했던 맹세는 방금 읽었던 소설 문장처럼 까마득해지고 말았던 모양이다. 그가 자초한 상처였다 해도 성숙한 응대를 해야 하지 않았을까. 사람을 그리 아프게 하다니, 거절에도 격이 있을 터인데 그날 가시를 또 드러내고 만 것이 내내 도로 나를 찔렀다. 장미도 저녁도 다 고마움으로 받아들이는 게 뭐 그리 어렵다고.

장미 다발을 거실에다 내려놓자 나의 언행이 되돌아보였다. 한 달쯤 정성을 들이며 장미를 보살폈다. 이제는 아름다운 거절도 배워야 하는 낯선 시간이 내게 왔음을 생각했다.

나와 같이 잘 있다가 간 장미를 떠올려보면 그에게도 나에게도 조금은 위로가 된 줄 안다. 그런데 뭔지 모르게 아리다.

알

닭을 키운 적이 있었다. 마당에 비비 돌아다니면서 벌레를 잡아먹고 먹이 아닌 것도 콕콕 쪼아보던 녀석이 하는 일이란 내 보기에 아무것도 없었다. 제 먹을 것 찾아 돌아다니는 것뿐이었다. 생긴 것도 별로였다. 비쩍 마른 다리에 주름살 다글다글한 발등, 심심하면 흙을 파헤치던 기다란 발톱, 덩치도 그저 그렇고, 덜렁덜렁 늘어진 턱살도 징그럽기 짝이 없는 데다 뾰족 부리에 쪽 잡아 째진 눈. 녀석의 눈과 내 눈이 마주친 적이 있는데, "저 게으름뱅이 같으니라고!" 녀석에게 비아냥거렸다. 녀석이 기거하는 닭장은 또 얼마나 따뜻했는지 모른다. 짚으로 만든 오목한

둥우리에 들어가 아침이면 제일 먼저 일어나 마당을 빙빙 돌아다니던 녀석.

그러던 녀석이 다르게 보였다. 첫 알을 낳은 것이다. 여느 날과 다르게 방정맞게 울어대서 닭장에 가보았다. 녀석이 나를 보더니 푸드득 내려섰다. 둥우리에 따뜻한 알 하나가 놓여 있었다. 그날 이후 알을 가지러 녀석의 집에 들르는 것이 일과 중 하나였다. 따끈하고 매끈한 알 하나, 손을 쑥 집어 넣어 꺼낼 때마다 나는 녀석의 눈치를 살피곤 했다. 녀석은 그런 나를 모른 척해주며 되똥되똥 꽃밭으로 들어가거나 아예 뒷마당으로 사라지기도 했다.

알을 낳고부터 녀석은 좀 당당해 보였다. 여태까지와는 다르게 이제는 매일 알을 하나씩 준다는 것이었다. 나도 그때부터 녀석을 다르게 대했다. 보리쌀을 한 줌 던져주기도 하고 닭장에 짚도 깔아주었다. 그 보잘것없는 몸뚱어리에서 어떻게 고런 알이 나오는지 기특하기 그지없었다. 그 알이 병아리가 될 수 있다는 것에 녀석을 향한 내 말도 눈빛도 부드러워졌다.

하루는 녀석을 유심히 지켜보았다. 종일 마당을 서성이

며 벌레를 잡아먹고 배추밭을 후벼 파 손가락만 한 지렁이를 물고 나오기도 했다. 구구, 구구 부르면 어느 모퉁이에서 쏜살같이 달려와 모이를 해치웠다. 여간 부지런한 게 아니었다. 이런 부지런함이 만들어낸 고단백 알은 아버지와 남동생의 밥그릇에 올랐다. 어떤 날은 내 양은 도시락 속에 보름달을 피워놓기도 했다. 주황빛 노른자와 참기름과 간장 한 술이면 완전한 일품 달걀밥이 되어 입맛을 당겼던 알.

녀석은 그렇게 온통 우리 집을 위해 자신을 던졌다. 정작 제 알이 어디로 가고 누가 먹는지도 모른 채. 일상은 언제나 똑같았다. 늘 그렇게 우리 가족과 한 식구가 되어 영양을 책임졌다.

한여름, 녀석을 잡기로 했다. 연탄 화덕에 미리 솥이 걸렸다. 수돗가 세숫대야에서는 뜨거운 김이 피어오르고 칼도 준비되었다. 녀석의 대가리는 어느새 보이지 않고 뜨거운 물에 잠겼다 나온 털은 삘기 뽑히듯 했다. 드디어 통통한 배가 갈렸다. 배 속에 알을 만드는 장비가 들어 있을 줄 알았는데, 요술쟁이들이 알을 빚다가 놀라서 손을 놓고 있을 줄 알았는데 고작 주황색 노른자 서너 개와 공깃돌만 한 알들이 조롱조롱 열려 있었다. 자기 차례를 기다리는 황금 덩어리 같은 알들.

녀석이 한 일이란 놀고 먹고 가끔은 서서 꾸벅꾸벅 졸았던 것. 그냥 제 생긴 대로 살며 아무 생각 없어 보였던 녀석이 도대체 무슨 일을 했던가. 자기 뱃속에서 일어나는 위대한 일을 감지도 못했겠지만 마지막까지 알로서 자신의 존재를 알렸던 것을.

나! 아무것도 한 게 없다. 나도 우리 집 닭처럼 그냥 이리저리 다니며 열심히 벌레를 잡아먹었다. 내 안에 무엇이 만들어지고, 만들어진 것이 어디로 가서 누구의 밥 속에 들어가는지 모른 채 마당을 쪼며 살아왔다. 되돌아보니 아이들은 장성하여 제 길을 찾아가고, 이럭저럭 해왔던 일들도 자리를 잡아 또 다른 일들이 이어지고 있다. 알을 낳는 것이 당연한 듯하지만 누구나 할 수 있는 일도 아니라는 것으로 위안을 삼아본다.

녀석이 잡히던 당일까지 알을 낳았듯 나도 그날까지 알 낳기를 멈추지 않고 싶다. 따끈하고 반들반들하고 고소한 알, 내가 먹는 하잘것없는 벌레들과 곡식 몇 알이 내 안에서 고영양을 지닌 알이 되길. 누군가의 밥 속으로 들어가 살과 피 되길 바란다. 나는 알 수 없지만 알이 또 부화해서 알을 낳을 것이라 기대도 하면서.

발문

깊은 응시, 그 애련으로 피어난 감응

이서원

설성제 수필가의 네 번째 작품집을 출간한다. 2003년 등단 이래 십여 년 동안 오리 궁둥이 들이밀듯 글의 언저리에서 관망만 한 그녀였다. 그런데 등단 꼭 십 년이 되던 2013년에 이르러 첫 수필집 『바람의 발자국』을 발간했다. 그러더니 급기야 우주에서 가장 빠른 빛조차 빠져나가지 못하는 강한 천체인 블랙홀의 수필에 빠져들고 말았다.

내처 『압화』 『소만에 부치다』, 뒤이어 이번 『거기에 있을 때』까지 약 7년에 걸쳐 네 번째 수필집을 출간하니, 이것은 문단에서 보아 빛에 가까운 속도라 할 만하다. 이 정도의 열정이라면 가히 수필과는 천애지기(天涯知己)라 하겠다. 이미 홍억선 한국수필문학관장은 그를 "오로지 흰색과 검은색만의 조합으로 한없이 사유의 깊이를 만들어가는 내면의 풍경을 그려내는" 수필가라고 평했다. 이충호 평론가 또한 "깊은 생각과 은유적인 표현, 거기에 감성이 배어 있는 글은 시에 근접한 면모까지를 보여준다."고 했다.

필자 역시 일찍부터 그녀의 글을 보아온 터라 위 평가에 적극적으로 공감한다. 이번 수필집에 나타난 글들로 보면 사람은 역시 자기의 근본 색(문체, 사유 등)을 옷 입고 평생을 살아가는 것임을 알겠다. 고백하건대 처음엔 필자 또한 그에게 수필이 아닌 시를 쓰라고 권유해보기도 했고, 다른 장르로 바꾸어 보라고 여러 번 말하기도 했다. 그만큼 그녀의 문체는 시적이며 은유적이고 상상력이 풍부한 감수성의 문체다. 이런 작법을 누리는 그녀의 글이 여느 글들과 차별적임을 보여준다.

> 카메라 기법의 하나인지 아니면 포토샵 프로그램의 기술인지는 모르겠지만 실제와 다르게 보이는 아버지의 사진이 영혼 없는 자화상으로 남겨지는 것 같아 싫었다. 세계적인 화가들의 자화상과 범인(凡人)인 아버지의 사진 한 장을 어찌 비교할 수 있을까만 화가들의 깊은 고뇌와 비애가 스민 자화상처럼 사진 속 내 아버지도 분명 아버지가 걸어오신 궤적이 스며 있는 사진으로 남겨지면 좋

겠다. 살아온 날들에 대한 회한과 성찰, 그리고 자애가 밴 모습으로 말이다. 지금 아버지는 자신의 영정사진이 젊어 보인다고 자랑하시는 것은 아니다. 미리 준비해놓았다고 알리는 것이라 나는 애꿎은 사진사를 자꾸만 나무란다.

—「자화상」에서

아버지가 미리 찍어둔 영정사진을 보는 딸의 마음이 렌즈에 클로즈업되어 있는 글이다. 세상을 떠나는 일은 거스를 수 없는 자연현상이긴 해도 막상 살아 계신 아버지의 영정사진을 미리 본다는 것은 마음이 편하지 않는 게 인지상정이다. 아버지는 애써 사진을 미리 준비해두었으니 너희들은 걱정하지 말라는 무언의 말씀을 눈치챈 딸이다. 그래서 더 사진사를 탓한다. 사(寫)는 베낀다는 뜻이고 진(眞)은 참이라는 뜻이다. 즉 보이는 모습 그대로 찍히는 게 사진이다. 그러나 근자에 이르러 사진은 이제 보이는 것을 그대로 드러내면 사진이 아닌 시대에 이르고 말았다.

"화가들의 깊은 고뇌와 비애가 스민 자화상처럼 사진 속 내 아버지도 분명" 속인이라 할지라도 한없이 자애롭고 부드러운 이미지의 사진으로 보였으면 좋겠단다. 이것이 딸의 마음이며, 자화상의 본질인지도 모른다. 많은 사람이 더 젊게 보이고 더 아름답게 후세들에게 각인되고 싶어지는 건 당연한 본성이다. 그러나 이 글에서 작가는 진실을 원하고 있다. 팔순이 넘은 아버지의 머리칼이 완연한 백발일지라도 그 자체만으로도 아버지라는 이름 위에 얹힌 면류관이다. 주름이 강물처럼 깊어도 살아온 여정이며 자녀들을 키워온 삶의 파란(波瀾)임을 인지하고 있다.

바꾸어 말하면 자화상이 진실을 바탕으로 하듯, 글도 이와 같아야 한다는 작가정신이 밑바탕에 깔려 있다. 그녀는 글을 쓰면서도 진실이 아닌 거짓 꾸밈을 할 줄 모르는, 어쩌면 어리석을 만큼 우둔하다. 아니 이 시대에 없는 천치일까 싶기도 하다. 그러나 그것이 그녀만이 지닐 수 있는 장점이어서 지금까지 글밭에서 노니는 천진의 가슴을 간직하고 있는 것은 아닐까 싶다.

"아버지가 걸어오신 궤적이 스며 있는 사진으로 남겨지면 좋겠다. 살아온 날들에 대한 회한과 성찰, 그리고 자애가 배인 모습으로 말이다." 딸이 바라는 이 간절한 바람 속에 그의 글 또한 독자들을 향한 순수의 지향에 있음을 확인하게 된다.

관청(官廳)이란 단어에서 '청(廳)' 자에는 집 엄(广)에 들을 청(聽)이 깃들어 있다. '백성들의 소리를 듣는 기관'이라는 뜻이겠다. 관청이 구내식당을 내어주는 먼저 배려에도 불구하고 일찍 와서 업무에 지장을 주었던 외부인들이었지만 어쨌든 이곳 밥을 의지해왔던 마음들은 불편하고 안타까울 것이다. 이런저런 생각에 잠겨 먹는 구내식당의 마지막 밥이 시장기 때문인지 유달리 맛좋기도 했지만 한편 당장 다음 주면 도서관 수업을 그만둘 수밖에 없는 데다 이 식당에서의 좋은 밥도 더이상 먹을 수 없다는 생각에 입속이 까끌했다.

— 「밥」에서

의식주의 해결은 인간 생활의 기본이다. 그중에서도 '밥'이야말로 생과 직결되어 있다. 작가는 이제 도서관 수업을 그만둔 상태에서 밥을 먹던 관청의 구내식당마저 출입할 수 없는 지경에 이르러서야 생의 또 다른 벽을 절감한다. 관청을 탓할 수도 도서관을 비난할 수도 없다. 그러나 앞으로 나아가야만 살아내는 일 앞에서 슬픔은 지금 한갓 사치에 불과한지도 모른다.

차라리 엄마가 청(廳)이면 좋겠다. "집 엄(广)에 들을 청

(聽)" 딱 친정엄마다. 집에 가면 언제나 반겨주는 엄마, 무엇이든 들어주는 엄마, 그러나 우리네 관청은 왜 이리도 딱딱하고 뭔가 울렁증을 만들게 하는지 모르겠다. 작고 섬세한 배려만 있어도, 들어주려는 애씀만 있어도 이러지 않을 텐데 말이다.

집은 언제나 따듯하고 훈훈해야 한다. 보듬어주고 들어주어야 한다. "밥도 더 이상 먹을 수 없다." 이제 어쩔까. 그가 메고 있는 가방의 무게가 한층 더 무거워 보인다. 수강생들이 그에겐 밥이었고, 관청의 밥이 생명이었다. 다시 들를 수 없는 청에서 돌아와 그 정신으로 집에 앉아 이 글을 썼으리라. 수필이 오래된 문학 장르로 살아남아 지금까지 많은 이들이 글을 쓴다는 것은 그만큼 진실된 문장을 바라고, 껍데기를 버리며 알맹이만을 담으려는 노력의 산물이 아니고 무엇이겠나.

그가 지금까지 쓴 십여 년간의 글들을 보면 근원을 향한 발걸음에 생사가 깊이 내재되어 있다. 그 속에 눈물이 있고, 애잔한 슬픔이 있다. 지구가 일정한 궤도를 주행하는 것처럼 작가의 글들도 일정한 패턴과 맞물려 본질적 삶의 근원을 향한 물음에 닿으려는 몸부림으로 보인다.

경기장에서 오직 푯대를 향하여 모두가 달음박질하지만 승리자는 한 명뿐인 것. 거기엔 다크호스가 숨어 있었다. 나이가 제일 많은 친정엄마가 선택한 말, 모양도 풍채도 별로인, 망아지보다 좀 커 보이는 검정 말이 최선두를 차지했던 것이다. 어쨌든 경마장을 나오는 내 발걸음이 씁쓸했다.

꼴등을 한 나만 쪽박을 차게 되었다. 식구들은 햄버거를 거하게 시켰다. 돈을 꺼내려는데 무릎이 아파도 앞서 배낭을 메고, 수많은 계단을 뒤뚱거리며 오르내리고, 궂은일이면 더욱 앞서 즐겁게 하던 엄마의 '말(言)'이 '다크호스'로 내 앞을 가로막았다.

"점씸깝시 얼매고? 옜다."

—「다크호스」에서

앙리 까르띠에 브레송(Henri Cartier Bresson)이라는 사진작가가 있다. 그는 '결정적 순간'이라는 시각을 통해 그 찰나의 포착을 잡아내는 사진가였다. 우리 인생은 어쩌면 언제나 결정적 순간을 살아가는 존재가 아니던가. 굳이 브레송의 시각을 통한 프레임에 찍힌 순간만이 결정적 순간이라고 한정 지을 수만은 없겠지만 매 순간 우리는 선택을 하게 되고 그 선택에 스스로 무한한 책임 또한 따르는 법이다.

「다크호스」는 경마장에서 일어난 에피소드다. 그녀는 가장 잘 달릴 거라 믿어지는 말을 선택했지만 결국에 가족 중에서 꼴등을 하고 만다. 그러고 보면 연륜을 무시할 수 없는 예리한 통시적 안목이 친정엄마에게 존재할 줄이야 꿈에도 몰랐을 것이다. 작가는 여기서 말하고 싶은 것이 있다면 이런 것이 아닐까.

이 세상에 그 어떤 풍경도 두 번은 있을 수 없는 모든 것이 순간이고 지나가버리는 찰나다. 일상적 평범함에 지나지 않는 모든 것들이 왜 경이롭고 아름다운가. 그것은 가치에 대한 존중과 무상, 감탄과 환호에 뒤이어 다가오는 인간의 미감 때문이다. 즉, 결미에서 보여준 작가의 말(馬) 앞에서 낙심할 때 엄마의 말(言)이 다가와 쓰다듬어주는 게 다크호스 같다는 재치가 실은 감각적 인간미인 것이다.

필자는 그가 선택한 말이 꼴등이었기에 더 정이 간다. 모두가 일등만을 원하는 이 시대에 최선을 다하여 달렸음에 감사한 일이다. 눈물이 날 만큼 응원한 그의 마음에 진정성이 있다. 밥값이 아까워서 일등을 해야만 한다는 당위성이 아니다. 그가 쓰는 글, 그가 수업하는 수강생들 모두에게 최선을 다하라는 의미가 내포되어 있는 듯하다. 서로 경쟁하면서 인간의 유기에 놀아나는 미물일지라도 저렇듯 죽을힘을 다해 결승점을 향하는 최선! 우주의 만물과 일체화를 꿈꾸며 그가 쓴 글에도 최선의 진정성이 올곧게 똬리 틀고 있다.

> 이름 때문에 손해 보는 듯하지만 또 그 이름으로 하여 나름의 자유도 누리니 그만하면 괜찮은 풀이다. 바람에게 슬쩍 붙으면 언제든 학습원을 나갈 수 있는, 땅속에 박힌 지팡이까지는 뽑아가지 못하겠지만 담장을 훌쩍 뛰어넘을 수 있는 도둑놈의지팡이.
>
> 제 의지와 상관없이 도둑놈의 지팡이로 이름났으니 눈치 보느라 갈지자걸음이나 걷지 말고 무사히 달아나길.
>
> —「도둑놈의지팡이」에서

수많은 이름 중에 그 이름도 민망한 '도둑놈의지팡이'라니, 이 도둑놈은 날마다 지팡이를 버리고 바람을 타고 어디로든 떠날 줄 아는 풀이다. 그래서 그는 도둑놈이라는 다소 심기 불편한 이름을 얻어 조금은 억울하기도 하겠다. 그러나 그 이름 때문에 더 자유분방함의 호사를 누리는 것일지도 모른다. 미안하지만 도둑놈은 어쨌든 잘 도망을 가야 한다. 들키지도 말아야 한다. 완전범죄를 해야만 살아남는다. 어디든 발길 닿는 곳에서 자기 삶을 새롭게 뿌리내리면 그만이다. 손을 털고 다시는 도둑놈의 이름으로 살지 않기로 다짐이라도 했을까. 작가는 자기 이름을 걸고 집을 짓는 게 업이다. 아무리 그 업을 버리려 해도 쉽사리 버릴 수 없는 태생적 운명에 놓인 업이다.

오늘도 작은 꿈을 품고 길을 나서는 작가의 길이 아마도 저 도둑놈의지팡이와 무에 다르랴. 날마다 꿈을 꾸며 도둑놈의 신세를 한탄만 하고 있지 않다. 어디로 날아가서든 자기 집을 짓고 자기의 종족을 번식하는 일에 조금의 망설임도 없다. 언제나 최선을 다한다. 뒤에서 호루라기 불고 좇아오는 경찰관이 있는 것도 아니다. 운명의 우주적 집을 짓고 그 안에서 삼라만상의 오묘한 진리를 끌어다 수필의 집을 짓는 것만큼 무거운 책무가 어디 있겠나. 풀 한 포기, 이름 하나에도 애정을 갖고 오래 들여다보는 깊은 눈빛 속에서 글쟁이의 품성이 고스란히 드러나 있다.

> 비가 온다, 저 부슬비가 나의 메마른 마음을 적실 수 있으려나. 괜히 밖을 나서본다. 집으로 돌아가는 발걸음들이 총총한데 길고양이 한 이, 저 골목 끝에서 꼬리를

끌며 어슬렁거리고 있다. 쓰레기봉투를 찢던 고양이가 인기척에 화들짝 놀란다. 나는 고양이가 만찬을 즐길 수 있도록 멀찍이 피해준다.

낮이 사용하다 버려진 밤, 부디 목숨들이 야성으로 잘 버텨주기를. 야옹! 길고양이 울음 한 줄이 어두운 골목을 적신다.

―「뒷골목을 찍다」 부분

은유다. 길고양이의 만찬에 방해가 될까 봐 에둘러 돌아가는 심성에서 작가의 인간미가 엿보인다. 길고양이는 다름 아닌 폐지 줍는 노인이다. 남들이 보기에는 하찮은 일이지만 재활용을 수거하려면 쓰레기통을 허투루 지나칠 수 없다, 마치 길고양이가 버려진 음식을 지나칠 수 없듯이.

코로나 19 사태로 경제가 침체되고 모든 것이 힘겨워지는 이 시대에 실직한 가장은 더욱 늘어난다. 어떻게 살아야 하나. 이 절체절명의 물음 앞에 산 목숨이 가만히 죽은 송장마냥 엎드려 있을 수만은 없어 굽은 허리를 펴며 길을 나선 할머니다. "낮이 사용하다 버려진 밤, 부디 목숨들이 야성으로 잘 버텨주기를." 낮이 사용하다 버려진 것은 밤만은 아니다. 우리가 사용하다 버려진 병, 박스 등 이것들도 낮과 동일하다. 버려진다는 것은 슬픈 일이다. 그러나 그 버려진 것들이 있어 길고양이는 오히려 고맙다. 비록 낮과 사람이 버렸다 하더라도 길고양이는 쓰레기통을 뒤지며 그것들에 쓸모의 의미를 부여하고자 최선을 다한다. 거기에 삶이 있고 목숨이 있다.

"야옹!" 누구도 쉽게 내 영역을 범접하지 말라는 울음이다. 아니, 작가의 애절한 온점(溫點)인지도 모른다. 기교로 글을 쓰기는 쉽다. 그러나 마음을 다한 진정성의 글쓰기는 정신과 합일되지 않으면 어렵다. 겉모습, 겉치장을 보고 쓰는 글은 혼이 없다. 대상에 마음을 주고, 거기에 인간미가 더해진다면 기운 생동하는 글이 된다. 설성제 작가의 온유한 마음에서 우러나오는 화평의 눈빛에 포착된 길고양이, 오늘 밤 우리 곁에 길고양이 울음이 들린다면 부디 못 본 척 에둘러 가라.

야장몽다(夜長夢多), 다시 말하면 '밤이 길면 꿈이 많아진다'라는 중국의 속언이다. 길고양이는 어둠에 어슬렁거리는 일을 그만둘 수 없다. 겨울밤이 길어질수록 할 일이 태산 같아 행복할까. 끌고 가는 작은 휠체어에 실린 몇 개의 빈 병, 그 무게가 오늘은 만 근이다. "길고양이 울음 한 줄이 어두운 골목을 적신다." 적시는 게 어디 어둠뿐이겠나. 속으로 우는 작가의 눈물도 천 근이다. 측은지심의 눈에 들어온 고양이 한 마리가 어슬렁거리는 거리, 화려한 불빛 뒤에 어둠이 더 깊다.

> 있을 땐 모르지만 없으면 안 되는 무엇, 마치 옷의 제일 첫 단추 혹은 마지막 단추 하나가 떨어져 내리는 것 같았다. 춥거나 더울 때 여미거나 풀 수 있는 단추가 여태 달랑거리던 채로 버텨왔던 것이다. 이 단추가 떨어지고 나면 어떤 세련되고 편리한 단추가 달려 우리 생활을 편리하게 할지 궁금했다. 아니면 없는 대로 살아가게 될까? 우리 동네 사람들은 이제 더욱 대형 마트로 달려가거나 온라인 장보기에 맛 들어갈지도 모르겠다. 내 마음에는 오래된 이 낡고 작은 마트가 동네 초입에 떡하니 버텨주면 좋겠다. 함께 낡아가던 이 동네에 다시 이 낡아 달랑거리는 단추를 꿰매어 달 수 있으면 싶다.
>
> —「동네 어귀에 달린 단추」에서

산 26번지, 도심 속에서 만나는 흔치 않은 번지수다. 그 번지를 찾아가려면 '모드니마트'를 지나가지 않으면 안 된다. 그런데 이 마트를 지나가다 마주친 폐업의 플래카드 앞에서 작가는 생각에 젖는다. 대형 마트에 밀려 지역 상권을 지키지 못한 채 이제 문을 닫으려는 모드니다. 지금 현 시대 양극화의 극명한 현주소다. 작가는 이곳에서 외상도 하고, 소소한 물건을 사면서 익힌 정으로 주인과의 살가운 관계를 유지했다. 그런데 느닷없는 폐업이라니, "긴요할 때마다 기대어오던 어깨 하나가 맥없이 쓰러지는 듯했다."며 마치 옷의 단추 하나가 떨어져 나가는 것으로 생각이 많아진다.

수필 문학은 사람 사는 냄새가 있어야 한다. 그것이 삶의 단면이고 일상이기 때문이다. 마음에 온기가 없으면 딱딱하고 무미건조하다. '동네 어귀에 달린 단추'가 어느 날 입고 나가다 떨어져 버린다면 하루 종일 신경이 이만저만 쓰이는 게 아니다. 모드니가 사라진다면 어쩌나. 작가는 깊은 수심에 젖는다.

"춥거나 더울 때 여미거나 풀 수 있는 단추가 어쩌다 달랑거리는 채로 버티고 버텨왔던 것이다." 그랬던 모드니다. 이제 와 더 애용을 하겠으니 문을 닫는 것만은 보류해달라며 간청을 할 수 있는 처지도 아니다. 다만, 여기서 작가가 말하고 싶은 것은 현실의 상황이다. 시대의 아픔이고 우리 이웃의 슬픔이다. 온 식구가 매달려 안간힘으로 버티던 생존의 일터였던 것을 잃어버리는 목격의 현장이 슬픈 것이다. 그 어떤 해결의 실마리도 줄 수 없지만 다시 생각해본다. 신장개업이라도 한다면 이제는 애용을 더 많이 하리라. 있을 때의 소중함을 모르고 살았던 어제의 자신을 돌아보며 다시 어깨 걸고 살아가자며 토닥이고 싶은 심정이다.

여기에 미학이 있다. 그냥 지나치지 못하는 동네 이장님 같은 관심과 작은 배려가 어울려 살아가는 산 26번지 입구, 그래서 그는 쉽사리 이곳을 떠나지 못한다. 가치 존중의 숭엄한 인간미가 바로 수필의 매력 아니겠나.

설성제 수필가는 온전히 대상과 자신이 하나가 되는 물아일체의 합일에서만 글을 쓰는 진실의 작가다. 그래서일까. 편편마다 가슴에 깊은 울림을 주는 동시에 그 사유적 의미가 궁극적인 것, 즉 구경(究竟)을 찾아 나서려는 성찰과 맞닿아 있다.

"하나님은 없이 계신다."는 말이 있듯이 유(有)와 무(無) 그 가운데서 끝없이 자신을 다그치며 연약한 인간의 가장 밑바닥에 있는 본성을 건져 올리려는 애잔함이 흐르고 있다. 그것이 신앙적 믿음이든, 문학적 사유든, 아니면 본능적 관(觀)이든 내면의 세계는 동적인 것보다는 정적인 것으로 자리 잡고 있음을 본다.

특히, 「세상 밖의 꽃」에서 그녀가 말한 '인간이 지닌 영혼만큼 가볍고 무거운 것이 없고, 순간적이고 영원한 것도 없음을, 참 피곤하고도 고귀한 꽃', 이 한 줄의 문장에 오래도록 눈길이 머물렀다. 왜 그랬을까. 곰곰이 생각해보다 저 역설적 의미가 바로 이번 수필집 전편에 함의(含意)된 결론이 아니었나 싶기 때문이다.

李瑞源 | 시인 · 수필가

거기에 있을 때

설성제 산문집